空《そら》飛《と》ぶリスとひねくれ屋のフローラ

ケイト・ディカミロ 作
K・G・キャンベル 絵
斎藤倫子 訳

もくじ

わたしのスーパーヒーロー、アンドリアとヘラーに
ケイト・ディカミロ

絵を描く喜びをおしえてくれた父さんに
K. G. キャンベル

【FLORA & ULYSSES：THE ILLUMINATED ADVENTURES】
written by Kate DiCamillo, illustrated by K. G. Campbell.

Published by arrangement with Walker Books Limited,
London SE11 5HJ
through Japan UNI Agency, Inc., Tokyo.

ある夏の夕方、
ティッカム家の台所で。
ユリシーズ2000X
世界《せかい》名詩選《めいしせん》
ビショップ
ブレイク
イプセン
ポー
イエーツ
クラッカ
バター
エヘン

お誕《たん》生日《じょうび》おめでとう！
誕生日《たんじょうび》のプレゼントだよ。ユリシーズ2000X《エックス》屋内／屋外両用超《ちょう》強力吸引《きゅういん》タイプ
ドナルドなんなのこれ？
ユリシーズ2000X
つまり掃除機《そうじき》ね
そう、〈ユリシーズ2000X《エックス》〉だ！
最高級《さいこうきゅう》の掃除機《そうじき》なんだよ。コードがとびきり長いから、屋内だろうが、屋外だろうがどこまでもひっぱっていけるぞ。どんなものもすいとって、たちまちきれいにしてくれる！
世界《せかい》名詩選《めいしせん》
すごいのね
ためしてごらん。ほら、スイッチを入れるよ！
まあ、ドナルドちょっと待ってよ
いいだろ？
世界《せかい》

ユリシーズ2000X《エックス》
世界《せかい》名詩《めいし》選《せん》
おい、やめろ

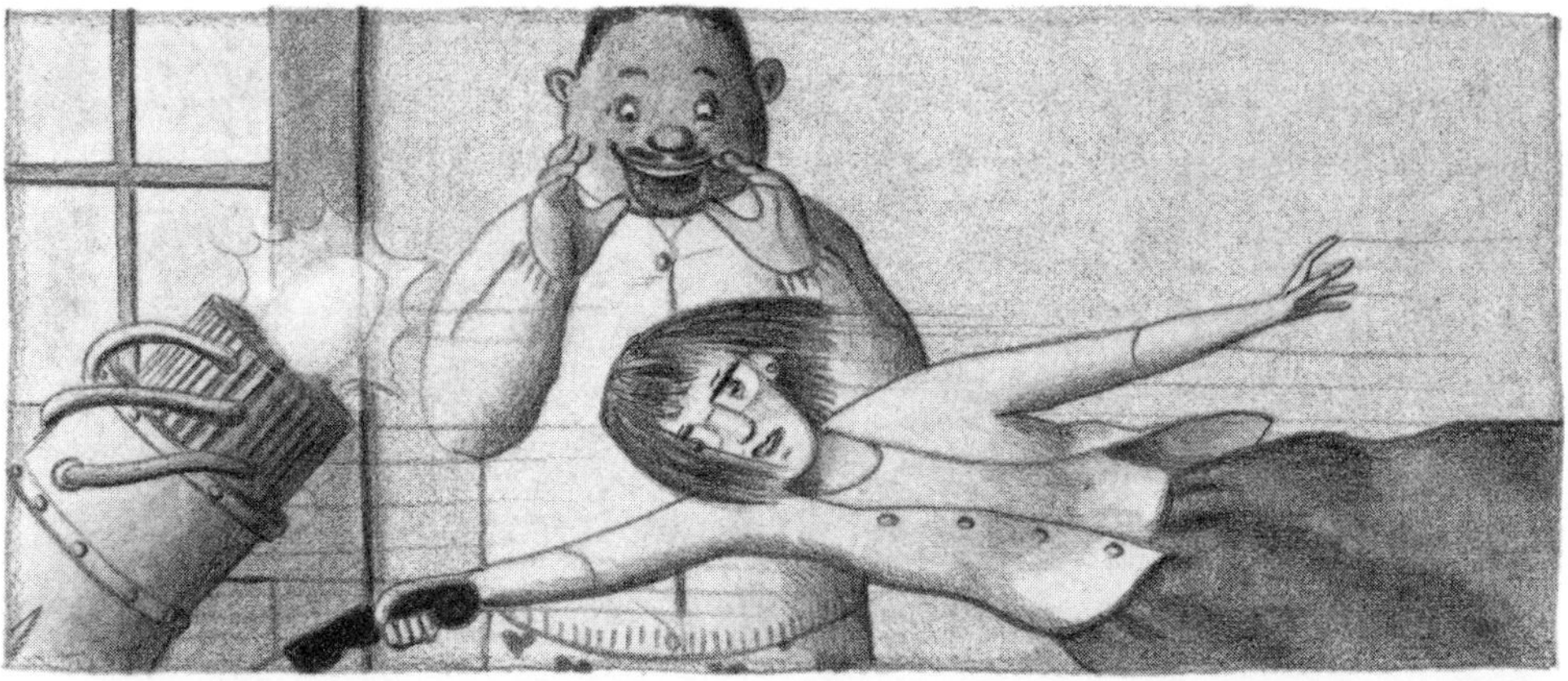

これが、すべてのはじまりだった。
そう、掃除機《そうじき》が。

1　うまれつきのひねくれ屋

十歳《さい》のフローラ・ベル・バックマンは、大忙《おおいそが》しだった。自分の部屋で机《つくえ》の前にすわって、いちどにふたつのことをしていたからだ。つまり、①母さんを無視《むし》して、②大すきな月刊《げっかん》マンガ『光のスーパーヒーロー、ウルトラ・ピカットの冒険《ぼうけん》！』を読んでいたのだ。

階段《かいだん》の下から母さんがさけぶ声がした。「フローラ、なにしてるの？」

「本を読んでるの！」フローラが大声で返事をすると、母さんがまたさけんだ。

「約束《やくそく》をわすれてないでしょうね。『契約書《けいやくしょ》』にサインしたでしょ！」

夏のはじめに、フローラはついうっかり、母さんととりきめをしてしまった。母さんは、そのとりきめを紙に書いて正式な契約書《けいやくしょ》にした。フローラは、その契約書《けいやくしょ》にサインまでしてしまったというわけだ。契約書《けいやくしょ》には、『マンガなどというおふざけだらけのばかげたものを読むのはきっぱりやめて、ほんもののすぐれた文学に目をむけるようにします』と書かれていた。冗談《じょうだん》だと思うかもしれないけど、母さんはほんとうにそう書いた。

フローラの母さんは作家だ。父さんと離婚《りこん》して、「もう恋愛《れんあい》なんて、うんざり」と思っているはずなのに、恋愛小説《れんあいしょうせつ》を書いている。

それこそ、おふざけだらけのばかげた話だ、とフローラは思う。

フローラは、恋愛小説《れんあいしょうせつ》が大きらいだった。

そもそも、恋愛《れんあい》なんてものは、すきじゃない。

恋愛《れんあい》なんて、ばっかみたい

フローラは声に出していってみた。「恋愛《れんあい》なんて、ばっかみたい」なかなかいいひびきだ。このセリフがマンガの吹《ふ》きだしに入っていたらどうかな？　フローラは、自分の頭の上に文字がうかんでいるところを思いうかべた。わ、マンガの主人公になったみたい。マンガみたいに吹《ふ》きだしがあったら、なんだか気持ちがおちつく。とくに、「恋愛《れんあい》なんて、ばっかみたい」なんて言葉のときは。

母さんはよく、「フローラったら、ほんとうにうまれつきのひねくれ屋なんだから」と、文句《もんく》をいう。母さんのいうとおりかもしれない。たしかにわたしは、ちょっといじわるなことをいったりするから。わたしがマンガの主人公だったら、こんなふうに書かれるかも。

〈フローラは、契約《けいやく》なんかものともしない、うまれつきのひねくれ屋だった！〉

「うん、そう、それがわたしだよね」と、フローラは思った。それで、また、ウルトラ・ピカットのマンガを読みはじめた。だって、契約《けいやく》なんかものともしないんだから。

それからほんの二、三分後、ブイーンとものすごい音がして、フローラは思わず顔をあげた。おとなりのティッカムさんの家の裏庭《うらにわ》に飛行機《ひこうき》でも着陸《ちゃくりく》したのか、と思うような音だ。

「いったい、なに？」フローラは立ちあがると、窓《まど》から外をのぞいた。すると、ティッカムのおばさんが、やたらと大きなぴかぴかの掃除機《そうじき》といっしょに、裏庭《うらにわ》を走りまわっていた。

まるで、庭に掃除機《そうじき》をかけているようにみえる。

まさかね、とフローラは思った。庭に掃除機《そうじき》をかける人なんて、いない。

それに、よくみると、ティッカムさんは、なにがなんだかわからずに走りまわっているみたいだった。

どっちかっていうと、ティッカムさんが掃除機《そうじき》にひっぱりまわされている感じがする。

あの掃除機《そうじき》、こわれてるのかも。まるで、頭がおかしくなったみたいな動きだもの。おかしいのは、頭じゃなくて、エンジンかなにかかな。

「それとも、ボルトが何本か、たりないのかもしれない」フローラは、声に出していった。

そのとき、ティッカムさんと掃除機《そうじき》がものすごいスピードで進んでいく先に、一ぴきのリスがいるのがみえた。

フローラは、「ちょっと！」といって、窓《まど》をたたいた。

それから、大声でティッカムさんにむかってさけんだ。「あぶない！　リスをすいこんじゃう！」

そのとき、ふしぎなことに、その言葉が自分の頭の上にうかんでいるのが、一瞬《いっしゅん》、みえたような気がした。

〈リスをすいこんじゃう!〉

まるで、マンガのセリフみたいに言葉がうかんでいた。でも、そんなことって、ある? ない、ない、ない。だって、わたしがなんていうかなんて、ほかのだれにもわからないんだから。わたしが「リスをすいこんじゃう!」とさけぶのと同時に、その言葉を頭の上にうかばせるなんて、だれにもできない。

どっちにしても、フローラがなにをさけぼうと、関係《かんけい》なかった。なにしろ、ティッカムさんははなれたところにいたし、掃除機《そうじき》の音が大きかったから、フローラの声はきこえなかったようだ。それに、あの掃除機《そうじき》ときたら、乱暴《らんぼう》な生き物のように、勝手に動いている。まるで、まわりのものをこわしてやるぞ、と思っているみたいだ。

フローラはスーパーヒーローになりきって、マンガ『光のスーパーヒーロー、ウルトラ・ピカットの冒険《ぼうけん》!』のなかのセリフを、低《ひく》い声でいった。「この悪事をとめなくては」

これは、主人公のアルフレッド・T《ティー》・スベラーが、スーパーヒーローのウルトラ・ピカットに変身《へんしん》するまえに、かならずいうセリフだ。アルフレッドは、ふだんは生命保険《せいめいほけん》会社のビルで働《はたら》く目立たない管理人《かんりにん》だが、ひとたび変身《へんしん》すると、光りかがやく巨大《きょだい》なスーパーヒーローになって、悪《あく》と戦《たたか》う。

残念《ざんねん》ながら、アルフレッド・T《ティー》・スベラーは、今、ここにいない。

2000X
光のスーパーヒーロー
ウルトラ・ピカットの冒険!
のまわりは
危険だらけ!

ウルトラ・ピカットったら、どうしてかんじんなときに出てきてくれないの？

フローラは、マンガのスーパーヒーローを本気で信《しん》じているわけではなかった。けれど、今は、ここにきてほしいと思った。

そのとき、リスが掃除機《そうじき》にすいこまれるのがみえた。

ヒュー……スポン。

「なんと、なんと！」フローラは、「ウルトラ・ピカット」のマンガに出てくるインコの口ぐせをまねしていった。アルフレッドが飼《か》っている、ドロリスというインコの口ぐせだ。

2　リスが考えること

リスは、あまりむずかしいことを考えずに生きている。

もちろん、リスにも脳《のう》みそはある。けれど、脳《のう》みそのほとんどを、ひとつのことにつかっている。つまり、食べ物のことを考えているのだ。

ごくふつうのリスの頭のなかは、こんな感じの言葉ばかり――「なにか食べるものはないかな」

リスは、一日に六、七千回くらい、食べ物のことを考える。もちろん、頭のなかにうかぶ言葉は、少しずつちがっている。たとえば、「食べ物はどこだ?」とか、「やれやれ、腹《はら》ぺこだ」とか、「あれは食べ物かな?」とか、「もっと食べ物はないかな」というふうに。

つまり、ティッカム家の裏庭《うらにわ》にいたリスも、〈ユリシーズ2000X《エックス》〉にすいこまれたとき、たいしてむずかしいことは考えていなかった、ということだ。

掃除機《そうじき》がすさまじい音をたててむかってきたときに、たとえば、「ああ、もうだめだ!」なんてことは、思わなかった。「おねがい、もう一回チャンスをください。そうしたら、いいリスになりますから」とも考えなかった。そのときリスの頭にうかんでいた言葉は、「まいったなあ、腹《はら》ぺこだ」だった。そして、ブイーンとおそろしい音が近づいてきたかと思うと、掃除機《そうじき》にすいこまれてしまったのだ。

その瞬間《しゅんかん》、リスの頭のなかには、もう、なにもうかんでいなかった。食べ物のことさえも。

3　リスの死

屋内でも屋外でもつかえる掃除機《そうじき》〈ユリシーズ2000X《エックス》〉はものすごく力が強くて、どんなものでもすいこめそうにみえた。けれど、リスをのみこむのは、さすがに少々苦しかったようだ。ティッカムさんが誕生日《たんじょうび》にプレゼントされた〈ユリシーズ2000X《エックス》〉は、自信《じしん》がなさそうにゴボッと大きな音をひとつたてると、ガタッガタッといって、とまってしまった。

ティッカムさんはかがみこんで、掃除機《そうじき》をじっくりみた。

なんと、掃除機《そうじき》のすいこみ口からリスのしっぽがはみだしている。

「あらまあ、なんてこと」

ティッカムさんはひざをつくと、しっぽをそっとひっぱってみた。

それから、立ちあがってあたりをみまわすと、いった。

「だれか、きて。リスを死なせちゃったみたい」

4　ひねくれ屋のフローラ、大活躍《だいかつやく》

　フローラは部屋からとびだすと、階段《かいだん》をかけおりた。走りながら、「ひねくれ屋のくせに、役に立とうとしてすっとんでいくなんて、びっくりしちゃうよね」と思った。

　裏口《うらぐち》から外に出ようとすると、母さんが声をかけてきた。「フローラ・ベル、どこにいくの？」

　フローラは返事をしなかった。母さんから「フローラ・ベル」と呼《よ》ばれたときは、ぜったいに返事をしない。「フローラ」と呼《よ》ばれたときだって、返事をしないことがある。

　芝生《しばふ》がのびほうだいの裏庭《うらにわ》を走りぬけ、フローラは、自分の家とティッカム家のあいだのさくを、ひとっとびでこえた。

　それから、「どいて」といいながらかけよると、ティッカムさんをぐいとおしのけ、重い掃除機《そうじき》を持ちあげて、ゆすった。なにもおこらない。もっと強くゆすると、芝生《しばふ》の上に、リスがドサッところがりおちた。

　リスは、毛がたくさんぬけて、なさけない姿《すがた》になっていた。掃除機《そうじき》に毛をすいとられちゃったんだ、とフローラは思った。

　リスのまぶたが、ぴくぴくしている。胸《むね》がふくらんで、へこんで、またふくらんだ。そして、胸《むね》の動きが完全《かんぜん》にとまってしまった。

　フローラは地面にひざをつくと、リスの胸《むね》に指を一本、あてた。

ユリシーズ
2000X《エックス》

マンガ『光のスーパーヒーロー、ウルトラ・ピカットの冒険《ぼうけん》！』のうしろのほうには、毎号、おまけで、べつの短いマンガがついていた。フローラのお気に入りは、『あなたのまわりは、危険《きけん》だらけ！』というシリーズだった。それを読んで、フローラは、いつでも心の準備《じゅんび》をしておくことが大事だ、と考えた。いつ、予想もしない、おそろしいことがおこるかわからないから。

『あなたのまわりは、危険《きけん》だらけ！』には、おそろしいことがおこったときにどうしたらいいかが、くわしく書いてあった。

たとえば、プラスチックでできたくだものをうっかり食べてしまったときには、どうしたらいいか（そんなばかな、と思うかもしれないけれど、プラスチックのくだもののなかには、ほんものそっくりのものがあるから、けっこうおこることなのだ）とか、親戚《しんせき》のおばあさんがレストランのバイキングにいって、すじだらけのステーキをのどにつまらせたときには、どうしたらいいか（背後《はいご》からかかえこむようにしてはきださせる「ハイムリック法《ほう》」をためしてみるといい）とか、縞《しま》のシャツを着ているときに、バッタの大群《たいぐん》がおしよせてきたらどうするか（走るしかない。バッタは縞《しま》のあるものを食べるから）。

そして、もちろん、あの有名な「心肺蘇生法《しんぱいそせいほう》」、つまり心臓《しんぞう》マッサージと人工呼吸《じんこうこきゅう》のやりかたも、書いてあった。

けれど、『あなたのまわりは、危険《きけん》だらけ！』には、リスの心臓《しんぞう》がとまったときのことは、書かれていなかった。

フローラはいった。「わたしがなんとかします」

ティッカムさんから、「なにをするの？」ときかれたけれど、それにはこたえずにかがみこんで、人《じん》工《こう》呼《こ》吸《きゅう》をするために、自分の口をリスの口にあてた。

へんてこな味がした。

どんな味か、もっとわかるように説《せつ》明《めい》してよ、といわれたら、「リスっぽいのよ。けばだってて、しめっぽくて、少し木の実の味がする」と、こたえただろう。

ティッカムさんがいった。「頭がおかしくなったんじゃない？」

フローラはティッカムさんを無《む》視《し》した。

そして、リスの口に息をふきこんだあと、回数をかぞえながら、リスの小さな胸《むね》を指でおした。

「一、二、三、四、五……」

5　リス、フローラのねがいをかなえる

リスの脳《のう》のなかでは、なにかふしぎなことがおこっていた。

なにもかもがぼんやりして、まっくろになっていく。そして、そのまっくらな闇《やみ》のなかに、美しい光がさしこんできた。とてもまぶしかったから、リスは思わず顔をそむけた。

そのとき、だれかが話しかけてくる声がきこえた。

リスはいった。「あの光は、なに？」

光は、ますますまぶしくかがやいた。

また、同じ声がなにかいったので、リスはこたえた。「わかった、もちろん、いいよ！」

ほんとうのところ、リスは、なにをいわれたのかよくわからないまま返事をしたのだが、そんなことはどうでもよかった。とにかく、とてもしあわせな気持ちだったのだ。

リスは、大きな光の湖のなかをただよいながら、だれかがうたってくれる歌をきいていた。

わあ、いい気持ち。こんなにすてきな気分は、はじめてだ。

そのとき、ガタガタッと大きな音がした。そして、べつの声がきこえてきた。数をかぞえている。光がだんだん弱くなって、その新しい声がさけぶのがきこえた。「息をして！」

リスは、いわれたとおりにした。ヒューヒュー音をたてながら、息を、深くすって、はく。ゆっくり、もういちど。さらに、もういちど。

リスは、息をふきかえした。

ティッカムさんがいった。「息をしてるわ」

「うん。息をしてる」フローラは、ちょっととくいになった。だって、リスの命を助けたんだから。

あおむけになっていたリスは、ごろりと横をむき、腹《はら》ばいになると、頭をあげた。目はまだぼんやりしている。

ティッカムさんは、「まあまあ、このリスをみて」というと、くすっと笑《わら》い、頭をふった。それから、声をたてて笑《わら》った。笑《わら》って、笑《わら》って、大笑《おおわら》いした。あんまり大笑《おおわら》いしたので、体がふるえだした。

6　発作《ほっさ》

ティッカムさんは、なにか発作《ほっさ》でもおこしたのかな？

フローラは、必死《ひっし》に考えた。『あなたのまわりは、危険《きけん》だらけ！』には、なんて書いてあったっけ？　だれかが発作《ほっさ》をおこしたときは、どうするんだっけ？　舌《した》をかまないようにするんじゃなかった？　棒《ぼう》で舌《した》が動かないようにするとか、なにかそんなようなことが書いてあった気がする。わたしは、リスを助けたんだから、ティッカムさんが舌《した》をかまないようにすることだってできるはずよ。

太陽がしずみはじめていた。ティッカムさんは、まるでおかしくなっちゃったみたいに大《おお》笑《わら》いをつづけている。フローラは、ティッカム家の裏庭《うらにわ》をみまわして、棒《ぼう》をさがしはじめた。

7　リスの頭のなか

　リスは、少しふらふらしながら、うしろ足で立ちあがった。

　なんだか脳《のう》みそがたっぷりとふえたような気がする。まっくらな部屋で、とつぜん、いくつものドアがいきおいよくバーン！　と、ひらいたような感じだった（頭のなかにドアがあるなんて、このときまで知らなかったのだけれど）。

　そして、いろいろなものが頭のなかにとびこんできた。そのひとつひとつがなにか、どんなものか、リスにははっきりとわかった。くらい部屋に光がさしたようだった。

　けれど、リスはやっぱりリスだ。すごくおなかがすいていた。

どこにでもいる小さなリスに、こんな力が
あるなんて、だれも思わないよね。
ユリシーズ
2000X

8　役に立つ情報《じょうほう》

フローラとティッカムさんは、リスがしていることに同時に気づいて、いった。

「リスが……」と、フローラ。

「掃除機《そうじき》が……」と、ティッカムさん。

ふたりは、〈ユリシーズ2000X《エックス》〉を右の前足で頭の上に持ちあげているリスを、じっとみた。

ティッカムさんがいった。「わたし、夢《ゆめ》をみてるのかしら」

リスは頭の上で掃除機《そうじき》を持ちあげたまま、ゆらゆらゆすっている。

ティッカムさんがくりかえした。「わたし、夢《ゆめ》をみてるのかしら」

「それ、今いいました」

「あら、わたし、同じことをいった？」

「うん、まるっきり同じこと」

するとティッカムさんはいった。「わたし、頭の病気にかかったのかもしれないわ」

そういうこともあるかもしれない。『あなたのまわりは、危険《きけん》だらけ！』にも書いてあった。びっくりするくらい大勢《おおぜい》の人が、自分が頭の病気にかかっていることも知らずに、歩きまわっているって。頭のなかにはずっと病気があって、悪さをしてやろうと待ちかまえているのに、その人はまるで気づいていないなんて、ほんとにこわいよね。

マンガをじっくり読んでいれば、こういう役に立つことも学べる。

しょっちゅうマンガを読んでいると（とくに、『光のスーパーヒーロー、ウルトラ・ピカットの冒険《ぼうけん》！』を読んでいると）、世の中ではいつも、ありえないようなことがおこっているんだってこともわかる。

たとえば、スーパーヒーローは、ありえないような、ばかみたいなことをきっかけにうまれる。クモにかまれたとか、化学薬品がこぼれたとか、惑星《わくせい》の位置《いち》がずれたとか。アルフレッド・T《ティー》・スベラーの場合は、工場で、〈ウルトラ・ピカット！〉という名前の掃除用洗剤《そうじようせんざい》（プロの掃除人《そうじにん》なら、かならずつかってる洗剤《せんざい》だ）が入った巨大《きょだい》な水槽《すいそう》にうっかり落ちて、スーパーヒーローになった。

フローラはいった。「ティッカムさんの頭が混乱《こんらん》してるのは、病気のせいじゃないと思う。べつのことが原因《げんいん》だっていう気がする」

「ふうん。で、べつのことって？」と、ティッカムさん。

「ウルトラ・ピカットって、きいたことありますか？」

「え、なに？」

「『なに』じゃなくて、『だれ』。ウルトラ・ピカットは、ものじゃなくて、人なの。スーパーヒーローなんです」

「ふうん。で、それがどうしたの？」

フローラはだまって右手をあげて、リスを指さした。

「まさか、このリスが……」と、ティッカムさん。

リスは、掃除機《そうじき》を地面におろした。そして、じっとしたまま、そばにいるふたりをみあげた。頭には、クラッカーのくずがついている。ひげがぴくぴくっとふるえた。

どうみてもリスだよね、とフローラは思った。

リスもスーパーヒーローになれるのかな？

アルフレッド・T《ティー》・スベラーは、生命保険《せいめいほけん》会社のビルの管理人《かんりにん》だった。だれにも注目されない、地味な人だった。ときどき（というか、しょっちゅう）、みんなはアルフレッドをばかにした。アルフレッドは、目立たないふつうの人のふりをしていたから、みんなは、そんなアルフレッドがびっくりするようなすごいことをやってのけたり、まばゆい光を放ったりするスーパーヒーローだなんて、思いもしなかったのだ。

アルフレッドがスーパーヒーローだと知っていたのは、アルフレッドのインコのドロリスだけだ。

フローラはいった。「きっと、だれもこのリスのことをわかってくれないね」

「ええ、そうね」

そのとき、ティッカム家の裏口《うらぐち》から、ティッカムのおじさんがさけぶのがきこえた。「トゥーティー？トゥーティー、腹《はら》ぺこだよ！」

トゥーティー？

なんてめずらしい名前なんだろう。

フローラは、その名前をいってみたくてたまらなくなった。

「トゥーティー……トゥーティー・ティッカムさん。ね、きいて。こうしたらどうかな。まず、家にもどる。つぎに、おじさんに、なにか食べさせてあげる。そして、今みたことは、おじさんにもだれにも、ぜったいに話さない。ね、わかった？」

「ええ。なにもいわない。なにか食べさせる。ええ、わかったわ」

ティッカムさんはそういうと、家にむかってゆっくりと歩いていった。

おじさんが、また、さけんでいる。「トゥーティー、掃除《そうじ》は終わったのかい？　ユリシーズはどうするんだ？　そこにおいておくつもりかい？」

フローラは小声でいった。「ユリシーズ……」頭から背骨《せぼね》までふるえが走った。たしかに、フローラはうまれつきのひねくれ屋で、いつもはすなおに「そうだね」とはいわないけれど、ぴったりあてはまる言葉をきいたときにはちゃんとわかるし、「そのとおり！」と思う。

フローラはくりかえした。「ユリシーズ……」

それから、かがむと、リスにむかって片手《かたて》をさしだした。

「おいで、ユリシーズ」

9　世界じゅうが燃《も》えている

女の子が話しかけてきた。

リスには、その言葉がちゃんとわかった。

「ユリシーズ……おいで、ユリシーズ」

すると、体が自然《しぜん》に動いて、リスは女の子のほうに歩きだしていた。

「だいじょうぶだから」女の子がいった。

リスは、その言葉を信《しん》じた。

それにしてもすごいなあ、とリスは思った。なにもかもがおどろきだった。夕日が、草の葉の一枚《まい》一枚《まい》をてらしている。女の子のめがねにあたって、キラッと光っている。女の子の丸い頭のまわりにも、夕日があたって光の輪《わ》ができている。まっかな夕日のせいで、世界じゅうが燃《も》えているようにみえた。

リスは考えた。いつから、いろいろなものが、こんなに美しくなったんだろう？　もし、今までもずっとこうだったんだとしたら、どうしてぼくは気がつかなかったのかな？

女の子がいった。「ね、きいて。わたしは、フローラ。そして、きみの名前は、ユリシーズ」

うん、わかった、とリスは思った。

すると、女の子がだきあげて、左腕《ひだりうで》でそっとかかえてくれた。

リスは、しあわせな気持ちでいっぱいになった。どうして、いつも人間のことがあんなにこわかったんだろう？　さっぱりわからない。

いや、わかった。

思い出したぞ。男の子におもちゃのパチンコで石をぶつけられたからだ。

それだけじゃない。ほんとうのところ、人間には（パチンコを持ってる人間にも、そうでない人間にも）、いろんな目にあわされた。そして、人間のすることは、いつだって、乱暴《らんぼう》だったから、おそろしくて、いやでたまらなかった。

でも、今は、ぜんぜんちがう！　まるで、変身《へんしん》したみたいな気分だ。

なにかすごいものになったような気がするぞ、とリスは思った。強くて、かしこくて、なんでもできそう……でも、腹《はら》ぺこだ。

リスは、とても、とても、おなかがすいていた。

10　フローラ、リスをこっそり部屋につれていく

フローラの母さんは台所で、古いタイプライターをつかって、小説《しょうせつ》を書いていた。タイプライターを打つたびに、テーブルがゆれ、戸棚《とだな》の食器《しょっき》がカタカタ鳴り、ひきだしのなかのフォークやナイフがぶつかりあってカチャカチャといやな音をたてている。

フローラは、それも両親が離婚《りこん》した原因《げんいん》のひとつじゃないかと思っていた。タイプライターや食器《しょっき》の音じゃない。母さんが小説家《しょうせつか》だってことがだ。とくに、恋愛小説《れんあいしょうせつ》っていうのがよくなかった、とフローラは思う。

父さんが話してくれたことがあった。「お母さんは、自分の書く恋愛小説《れんあいしょうせつ》がすきでたまらないんだ。小説《しょうせつ》のほうがすきになってしまったから、もうお父さんのことはすきじゃないんだよ。本のなかのうっとりするような物語のほうがすきなんだ」

すると、母さんは、フローラにこういった。「ふん！　お父さんには、愛《あい》なんてわからないのよ。にぶくて、わからんちんで、目の前のスープ皿のなかで、ピンクのハートが立ちあがって、『愛《あい》の歌』をうたったとしても、気づかないでしょうよ」

ピンクのハートがスープ皿のなかで立ちあがって歌をうたう？　そんなこと、あるわけないじゃない。

あのころの、父さんと母さんは、ばかげたことをいっていた。しかも、ふたりとも、フローラに話しているふりをしていたけれど、ほんとうはおたがいにいいたいことをフローラに

いっていただけだ。

ほんとうにめいわくな話だった。

フローラがユリシーズをだいて家に入っていくと、母さんが棒《ぼう》つきキャンディーをなめながら、きいてきた。「なにをしているの？」

キャンディーをくわえているせいで、ちょっともごもごした声になっていた。

母さんは、タイプライターで小説《しょうせつ》を書くとき、口になにかを入れていないとおちつかない。だから、まえはタバコをすっていた。タバコをやめてからは、棒《ぼう》つきキャンディーをすごくたくさんなめる。今、なめているのは、オレンジ味だ。においでわかる。

フローラは腕《うで》のなかのリスをちらっとみて、いった。「えっと、なんにも」

「そう」母さんは、タイプライターの横についている改行《かいぎょう》レバーを、まるでひっぱたくようないきおいでバシッと動かして紙をずらすと、タイプをつづけたまま顔もあげずにいった。「まだ、そこに立ってるの？」

母さんは、さらに、何文字か打ちこむと、またレバーをひっぱたいて、いった。「しめきりがせまってるの。そんなふうにすぐうしろに立ってられると、息の音が気になって、集中できないわ」

フローラはいった。「息をとめようか」

「ばかなこと、いってるんじゃないの。二階にいって、手を洗《あら》ってらっしゃい。もうすぐ晩《ばん》ごはんよ」

「わかった」フローラは、ユリシーズを腕《うで》にだいたまま、母さんのうしろをとおって、居間《いま》に入った。そんなこと、できっこないって思うかもしれないけど、なんなくできた。フローラは、母さんに気づかれずに、リスをこっそり家のなかにつれて入ったのだ。しかも、母さんの鼻先で、やってのけた。いや、母さんのすぐうしろで、といったほうがいいのかな。とにかく、すぐそばでだ。

居間《いま》には、階段《かいだん》のすぐわきに、羊飼《ひつじか》いの少女の形をした電気スタンドがおいてある。少女のほおはピンク色で、うすら笑《わら》いがはりついている。

フローラは、この電気スタンドがきらいだった。

これは、本がはじめて出版《しゅっぱん》されたときに入ったお金で、母さんが買ったものだ。本の題名は『喜《よろこ》びの翼《つばさ》にのって』。こんなばかみたいな題名はきいたことがない、とフローラは思った。

しかも母さんは、このスタンドをわざわざロンドンからとりよせたのだ。スタンドがとどくと、箱から出して、コンセントにプラグをさしこみ、手をたたいて喜《よろこ》んだ。「まあ、なんてきれいなの。ね、この子、美人だと思わない？　ほんとうにすてき。自慢《じまん》のむすめだわ」

フローラの母さんは、フローラのことを美人だといったことも、自慢のむすめだ、といったこともなかった。もっとも、運のいいことに、フローラはうまれながらのひねくれ屋だったから、母さんが自慢のむすめだ、といってくれようとくれまいと、気にしてなんかいなかったけれど。

母さんはいった。「この子のことを、メアリー・アンと呼《よ》ぶことにするわ」

「メアリー・アン？　電気スタンドに名前をつけるの？」

「迷《まよ》えるものたちを導《みちび》く羊飼《ひつじか》い、メアリー・アンよ」

「迷《まよ》えるものたちって、だれのこと？」と、フローラがたずねても、母さんはこたえなかった。


フローラはユリシーズにおしえた。「これはね、羊飼《ひつじか》いの少女で、メアリー・アンっていうの。メアリー・アンも、ここにいっしょに住んでるんだ。わたしは気に入らないけどね」

ユリシーズが、メアリー・アンをみつめた。

フローラも目を細めて、スタンドをじっとみた。

ばかげてるとは思うけれど、ときどき、メアリー・アンがフローラの知らないことを知っているような気がする。なにか、とてもおそろしくて、くらい秘密《ひみつ》を……。

フローラはいった。「つまらない電気スタンドね。おせっかいはしないで、羊の番だけしてなさいよ」

スタンドには小さな子羊が一頭いるだけだった。メアリー・アンのピンクの靴《くつ》のそばで丸くなっている。それをみると、フローラはいつも、「あんた、羊飼《ひつじか》いなんでしょ？　ほかの羊はどこにいるのよ」と、いってやりたくなった。

フローラはユリシーズにおしえた。「この子のことは無視《むし》していいからね」

それから、明るくかがやく、すまし顔の羊飼《ひつじか》いのむすめメアリー・アンに背《せ》をむけると、ユリシーズをそっとだいたまま階段《かいだん》をあがって、自分の部屋にいった。

ユリシーズは、もちろん、明るくかがやいたりはしないけれど、こんなに小さいのに、おどろくほど温かかった。

11　ウルトラ・ピカット！　の巨大《きょだい》な水槽《すいそう》

フローラは自分の部屋に入ると、電気をつけて、ユリシーズをベッドの上におろした。明るい光のなかでは、ちょこんとすわったユリシーズが、ますます小さくみえる。

それに、ずいぶん毛がぬけていた。

フローラは、思わずいった。「ずいぶん、ひどいことになってるね」

スーパーヒーローになんてみえない。けれど、目立たないビルの管理人《かんりにん》、アルフレッド・T《ティー》・スペラーだって、ふだんはスーパーヒーローにみえなかった。

ユリシーズはフローラをみあげてから、自分のしっぽをみおろして、ほっとしたようすで鼻を近づけると、端《はし》から端《はし》までくんくんとにおいをかいだ。

「わたしの言葉がわかるといいんだけど」

すると、ユリシーズが顔をあげて、フローラをみつめた。

「わ、すごい。わかるんだ。わたしにはきみの言葉がわからないけど、そんなことは、たいした問題じゃないよね。なにか方法《ほうほう》を考えて、おたがいにいいたいことがわかるようにしよう。いい？　わたしのいっていることがわかるなら、うなずいて。ほら、こんなふうに」

フローラは、うなずいてみせた。

すると、ユリシーズが、うなずきかえした。

フローラの心臓《しんぞう》が胸《むね》のなかで大きくどきんとはねた。

「きみにどんなことがおこったのか、説明《せつめい》するね。いい？」

ユリシーズはすぐさま、こくんとうなずいた。

また、フローラの心臓《しんぞう》が大きくどきんとはねた。期待で胸《むね》がいっぱいになってどきどきするなんて、ひねくれ屋らしくない。フローラは目をとじると、どきどきしている心臓《しんぞう》をおちつかせようとして、心のなかで自分にいいきかせた。「期待しちゃ、だめ。期待しないで、観察《かんさつ》すること」

『あなたのまわりは、危険《きけん》がいっぱい！』には、なんども〈期待するな。観察《かんさつ》せよ〉という言葉が出てくる。なにかを期待していると、行動するのがおくれることがあるのだ。

たとえば、親戚《しんせき》のおばあさんがバイキングでステーキをのどにつまらせたとき、「まさか、息ができなくなるなんてことはないよね」と思うかもしれない。けれど、そんな期待をしているあいだに、ハイムリック法《ほう》をするべき貴重《きちょう》な時間をむだにすることになる。

〈期待するな。観察《かんさつ》せよ〉って、すっごく役に立つ――と、ひねくれ屋のフローラは思っていたから、この言葉をしょっちゅう自分にいいきかせることにしていた。

「よし」フローラはいうと、目をあけて、リスをみた。「なにがあったかっていうとね、きみは掃除機《そうじき》にすいこまれたんだよ。そのせいで、ええと、とくべつな力を手に入れたのかもしれない」

ユリシーズは、どういう意味？　というように目をみひらいた。

「スーパーヒーローって、知ってる？」

ユリシーズは、じっとみつめているだけで、うなずかない。

「そうだね。知ってるわけないよね。スーパーヒーローっていうのは、とくべつな力を持った人のこと。で、その力をつかって、悪い連中《れんちゅう》と戦《たたか》うの。ウルトラ・ピカットに変身《へんしん》したアルフレッド・T《ティー》・スベラーみたいにね」

ユリシーズが、不安《ふあん》そうに目をぱちぱちさせた。

「ほら」フローラは、机《つくえ》の上にあった『光のスーパーヒーロー、ウルトラ・ピカットの冒険《ぼうけん》！』をぱっとつかむと、管理人《かんりにん》の制服《せいふく》を着たアルフレッドを指さした。

「ね？　これがアルフレッドだよ。目立たない人で、しゃべるのだって上手《じょうず》じゃない。仕事は、オマカセ生命保険《せいめいほけん》会社の掃除《そうじ》をすること。いくつもの階にまたがる、たくさんの部屋を掃除《そうじ》するの。そして、アパートのせまい部屋で、インコのドロリスといっしょにしずかにくらしてる」フローラは、話してきかせた。

ユリシーズは、アルフレッドの絵をみおろしてから、顔をあげてフローラをみた。

「うん、でね、ある日、アルフレッドは、掃除用洗剤《そうじようせんざい》〈ウルトラ・ピカット！〉の工場を見学にいくの。そこで、足をすべらせて――アルフレッド・T《ティー》・スベラーが足をすべらせたんだよ。いい？――ウルトラ・ピカット！　の巨大《きょだい》な水槽《すいそう》に落ちたときに、とくべつな能力《のうりょく》がそなわったんだよ。そしてね、大きな危険《きけん》がせまっているときや、だれかが悪いことをしているとわかったときには、アルフレッドは変《へん》身《しん》して……」フローラは、マンガをぱらぱらめくって、ウルトラ・ピカットが描《か》かれているページをひらいた。いかにも強そうなスーパーヒーローが光りかがやいている。

「……変身《へんしん》して、このウルトラ・ピカットになるんだよ！　ね、この正義《せいぎ》の味方、光りかがやくスーパーヒーローは、目がいたくなるくらいまぶしく光ってるんだ。悪党《あくとう》たちは、ウルトラ・ピカットの前に出ただけで、ぜったいにかなわないと気づいて、ぶるぶるふるえながら、悪いことをしたと白状《はくじょう》するの！」

おっと、いつのまにか声が大きくなっている。

ユリシーズの小さな顔をみおろすと、目を大きくみひらいていた。

フローラは、おちついておだやかに話そうと、声を落として、また話しだした。「ウルトラ・ピカットになったアルフレッドは、悪い連中《れんちゅう》がひそんでいる闇《やみ》を、光でてらすの。ウルトラ・ピカットは、空も飛《と》べるんだよ。それから、さみしいお年寄《としよ》りに会いにいったりもするんだ。ね、これがスーパーヒーロー。でね、わたしは、きみもスーパーヒーローになったのかもしれない、と思うんだ。だって、きみはすごく力持ちでしょ。今のところわかってるのは、きみがとても強いってことだね」

ユリシーズはうなずくと、胸《むね》をはった。

そのとき、下から母さんの呼《よ》ぶ声がした。「フローラ！　おりてらっしゃい。晩《ばん》ごはんよ」

フローラは、ユリシーズにきいた。「でも、ほかにはなにができる？　もし、きみがほんとうにスー

ウルトラ・ピカットの水槽です
ウルトラ・ピカット！
その顔《かお》の暗《くら》いブスはクビだ
オマカセ生命保険株式会社
笑顔《えがお》で働《はたら》けないならやめろ、といわれたよ

パーヒーローだとしたら、悪いやつとどうやって戦《たたか》うの？」

ユリシーズは、ひたいにしわをよせた。

フローラはかがんで、ユリシーズに顔を近づけた。「ね、考えてごらんよ。きみがスーパーヒーローだったら、わたしときみとで、すごいことができるかもしれないんだよ」

母さんがまた、下からさけんだ。「フローラ・ベル！　きこえてるわよ、あなたのひとりごと。やめなさいったら。だれかにきかれたら、頭がおかしいと思われるわ」

フローラは、大声でこたえた。「ひとりごとなんか、いってない！」

「あら、それじゃあ、だれと話してるの？」

「リス！」

すると、母さんはだまりこんでしまった。

けれど、しばらくして、また、さけんだ。「フローラ・ベル、冗談《じょうだん》はいいかげんにして、今すぐ、おりてきなさい！」

12　悪の勢力《せいりょく》

晩《ばん》ごはんのあと、フローラが二階の部屋にもどると、ユリシーズは、フローラのまくらの上で、小さく丸《まる》まって、ねむっていた。フローラは手をのばして、ユリシーズのおでこに人さし指をそっとあてた。

まぶたがぴくぴくしたけれど、ユリシーズは目をあけなかった。

フローラは、ユリシーズをまくらごと足のほうにそっとうつした。それから、パジャマに着かえて、横になると、こんな文章が天井《てんじょう》にあざやかにうかびあがっているところを思いうかべた。

〈スーパーヒーローのリスが足もとでねむっていたから、フローラはぜんぜんさびしくなかった〉

「まったくそのとおりよ」フローラは声に出していった。

父さんは、離婚《りこん》するまえ、つまり、今住んでいるアパートにひっこしてしまうまえは、フローラが夜ねるときに、ベッドの横にすわって、『光のスーパーヒーロー、ウルトラ・ピカットの冒険《ぼうけん》！』を読んでくれた。

これは、父さんのお気に入りのマンガだった。アルフレッド・T《ティー》・スベラーやインコのドロリスが活躍《かつやく》するこのマンガを読むと、父さんはいつも、元気になった。それに、インコの声をつくって、「なんと、なんと！」とか「まさか、こんなことが！」と、ドロリスのせりふをいうのが、とても上手《じょうず》だった。

このマンガのなかでは、いつも予想もしなかったことや信《しん》じられないようなことがおこる。そんなとき、ドロリスはきまって、「まさか、こんなことが！」という。もし自分がウルトラ・ピカットのインコだったら、毎日、わくわく、どきどきするだろうな。

フローラは体をおこすと、ねむっているリスをみて、声に出していってみた。「まさか、こんなことが！」

父さんがいうほうが、上手《じょうず》だった。

といっても、父さんがこのセリフを最後《さいご》にいったのは、ずいぶんまえのことだ。離婚《りこん》してから、父さんはあまりしゃべらなくなってしまった。もともと、ものしずかで、悲しそうな人だったけれど、今は、まえよりももっと、ものしずかで悲しそうだ。

父さんがあんまりしゃべらなくたって、かまわない――フローラは思った。ほんとうにそう思っていた。ひねくれ屋は、ぺちゃくちゃしゃべる人がきらいだから。

それに、アルフレッド・T《ティー》・スベラーだって、しずかな人だ。工場の見学にいって、〈ウルトラ・ピカット！〉の水槽《すいそう》に落ちたときだって、なにもいわなかった。「おっと」とさえ、いわなかったのだ。

けれど、アルフレッドがさいしょにマンガに登場する場面では、こんなふうに紹介《しょうかい》されていた。父さんがなんどもなんども読んでくれたから、フローラは、その言葉をすっかりおぼえている。

〈アルフレッド・T《ティー》・スベラーは、ビルの目立たない管理人《かんりにん》だ。しかし、この宇宙《うちゅう》の悪と戦《たたか》う勇気《ゆうき》がある。彼はスーパーヒーローだ。信《しん》じられないって？　いや、信《しん》じたまえ。アルフレッド・T《ティー》・スベラーは、日夜、悪の勢力《せいりょく》と戦《たたか》い、ウルトラ・ピカットとして世界に知られるようになるのだ！〉

フローラは、また横になった。もし、このリスがマンガに出てきたら、掃除機《そうじき》にすいこまれたとき、どんなふうに紹介《しょうかい》されたかなあ。

〈ユリシーズは、おとなしいリスだ〉

うん、そのとおり。

〈しかし、じきに、さまざまな悪党《あくとう》どもをやっつけ、弱いものたちを守ることになるのだ〉

うん、これもよさそうだ。

〈そして、ユリシーズの名は世界に知れわたる！〉

ドロリスの口ぐせをまねするなら、「なんと、なんと！」だよね。

どんなことも、「ぜったいにおこらない」とはいいきれない。そう、リスがスーパーヒーローだって、おかしくはない。ユリシーズといっしょなら、きっと、世界を変《か》えたり、悪と戦《たたか》ったりできる。

「期待するな。観察《かんさつ》せよ」フローラは小声でいって、自分をおちつかせようとした。「とにかく、このリスをよく観察《かんさつ》しよう」

そして、フローラはねむりについた。

13　タイプライター

ユリシーズが目をさますと、あたりはまっくらだった。心臓《しんぞう》がどきどきしている。なにかとくべつなことがおこったんだった。なんだったかな？　けれど、ユリシーズは、なにも考えられなかった。あまりにおなかがすいていて、頭がはたらかない。

ユリシーズは体をおこすと、部屋をみまわした。そして、自分がベッドの上にいるのだと気がついた。目の前にあるのは、あのフローラって子の足だ。フローラはいびきをかいていた。くらがりのなかで、丸い頭がぼんやりとみえる。ユリシーズは、「フローラの丸い頭、すきだな」と思った。ああ、だけど、ぼくは、腹《はら》ぺこだ。

部屋のドアがあいている。ユリシーズは、自分がねていたまくらからおりると、部屋の外に出て、くらい廊下《ろうか》をそっと進んでいった。それから、階段《かいだん》をおりて、羊飼《ひつじか》いの少女の前をとおりすぎた。家のなかはくらいけれど、台所にあかりがひとつともっている。

台所！

そうだ、あそこだ。ぼく、台所にいかなくちゃ。

ユリシーズは鼻を上にむけ、くんくんとにおいをかいだ。チーズのような、おいしそうなにおいがする。

ユリシーズは、居間《いま》をかけぬけて台所に入ると、カウンターにのぼってみた。すると、いいものがあった！　チーズ味のスナック菓子《がし》がひとつ、おしゃれな赤いカウンターの端《はし》に落ちている。食べてみると……おいしい！

もっとないかな？

戸棚《とだな》をあけると、思ったとおり、金色の字で〈チーズ・オ・マニア〉と書かれたスナック菓子《がし》の、大きな袋《ふくろ》があった。

ユリシーズは大喜《おおよろこ》びでなかみを食べて、袋《ふくろ》がからになると、満足《まんぞく》して小さなげっぷをした。それから、台所をみまわした。

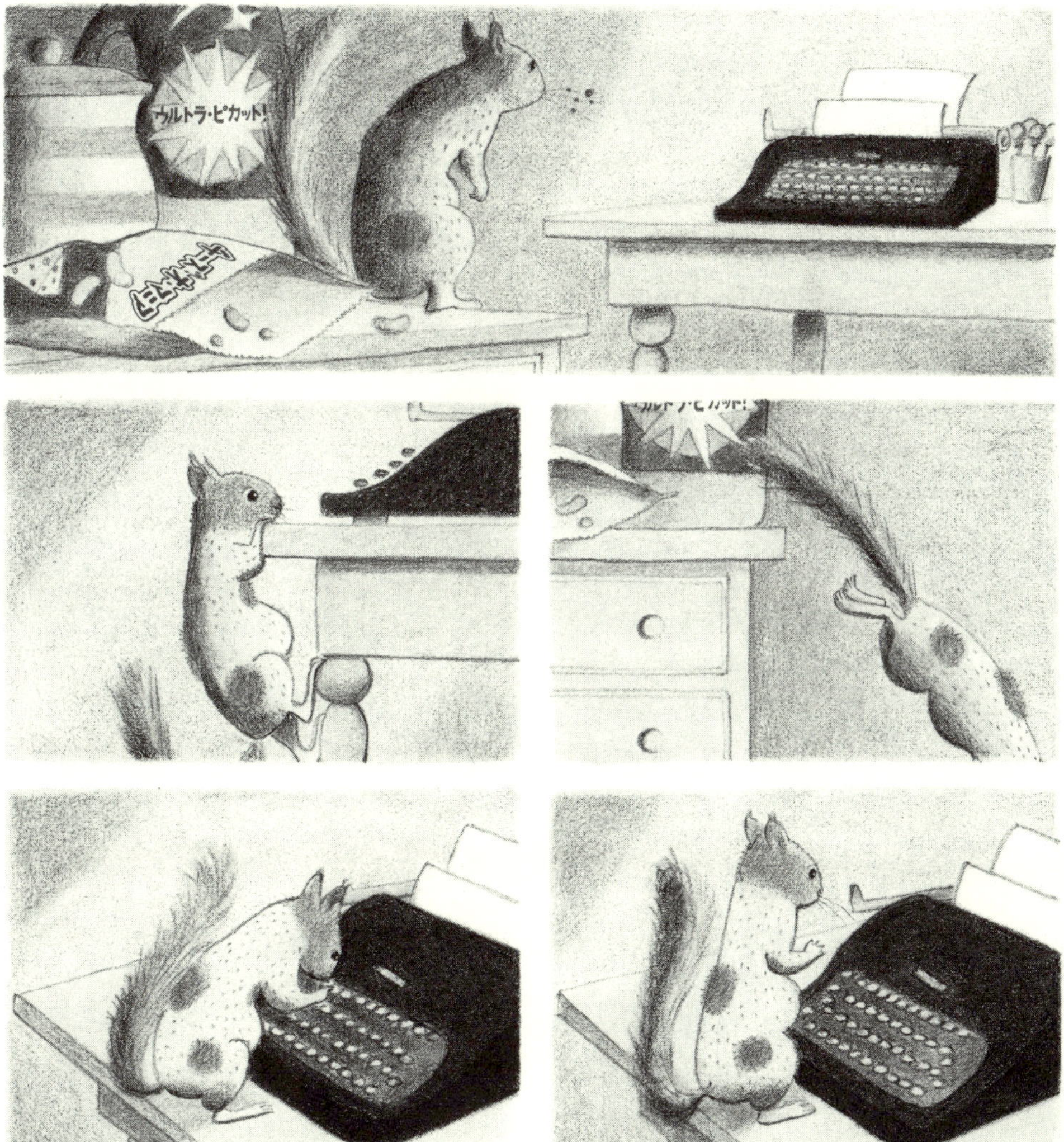

こうして、うすぐらい台所で、1ぴきのおとなしいリスが
ゆっくりゆっくり、なにかをはじめた。

ひげをふるわせ、心おどらせている。

リスは、悪と戦《たたか》っているのだろうか？
それは、だれにもわからない。

14　リシ！

「フローラ・ベル・バックマン！　すぐに、おりてきなさい！」

「フローラ・ベルって、呼《よ》ばないでよ」フローラは、ぶつぶついいながら、目をあけた。

日の光がさしこんで、部屋のなかは明るかった。なにかいい夢《ゆめ》をみていたんだけど、なんだったかな？

そうだ、母さんにおこされるまで、リスの夢《ゆめ》をみていたんだ。リスは、前足としっぽをぴんとのばして、飛《と》んでいた。だれかを助けにいくところだった！　ものすごく堂々《どうどう》としていて、まさにヒーローっていう姿《すがた》だった。

フローラは体をおこすと、足のほうをみた。

まくらの上で、ユリシーズがねむっている。ヒーローみたいにみえる。ほんとうになんだかきらきらしている。まるで、変身《へんしん》した光りかがやくウルトラ・ピカットみたいに！　ただ、ウルトラ・ピカットよりもオレンジ色っぽい。というか、オレンジ色そのもの。

「どうしたんだろう？」

フローラは、ふしぎに思って、ユリシーズの上にかがみこみ、指をのばして耳にさわってみた。すると、指に粉《こな》がついた。なんだろう。

指を光にかざしてみた。チーズスナックだ。ユリシーズは、チーズ味の粉《こな》まみれになっていた。

「まずい」とフローラがつぶやいたとき、母さんが、また下からさけんだ。

「フローラ！　すぐにといったら、すぐ！　さっさとおりてきなさい！」

フローラは階段《かいだん》をおりて、メアリー・アンの前をとおった。メアリー・アンのほおは、いかにも健康《けんこう》そうなピンク色で、うんざりする。

「つまらない電気スタンドね」

「早く！」母さんがさけんだ。

フローラは、あわててかけていった。

台所に入ると、母さんはガウン姿《すがた》で、タイプライターをみつめて立っていた。

そして、指さしていった。「これは、なに？」

「母さんのタイプライターでしょ」と、フローラ。

母さんは、いつも仕事のことで頭がいっぱいで、話がかみあわない。それは、フローラもわかっていたけれど、今の質問《しつもん》はあまりにばかげている。どうして、自分のタイプライターもわからないんだろう？

すると、母さんがいった。「わたしのタイプライターだということは、わかってます。わたしがいってるのは、タイプライターにはさんである紙のことよ。なにかタイプしてあるわ」

フローラは顔を近づけて目を細めると、紙の上のほうにタイプされた文字をみつめた。

リシ！

声に出して、読んでみた。「リシ！」

ちょっとまぬけで愉快《ゆかい》な単語《たんご》だ。フローラは、うれしくなった。「トゥーティー」っていうのとほとんど同じくらいおもしろい。

母さんがいった。「その先も、読んで」

フローラはもういちど、さいしょから読んだ。「リシ！　ぼくは。ユリシーズ。うまれかわった」

「こんなことをして、おもしろいの？」

「べつに」フローラの胸《むね》のなかで、心臓《しんぞう》が猛烈《もうれつ》な速さでどきどきしていた。頭がくらくらする。なにがなんだか、わからなかった。

「なんどもなんどもいったはずよ、タイプライターにはさわらないで、って」

「さわってないよ……」

「このタイプライターで、大事な仕事をしてるのよ。わたしはプロの小説家《しょうせつか》で、小説《しょうせつ》のしめきりがせまってるの。ふざけてる場合じゃないんだから。それに、チーズ味のスナック菓子《がし》を丸々ひと袋《ふくろ》食べたでしょ」

「食べてない」

母さんは、カウンターの上の、からになった〈チーズ・オ・マニア〉の袋《ふくろ》を指さし、つぎに、タイプライターを指さした。

フローラの母さんは、やたらとなんにでも指をさす。

「タイプライターが、チーズの粉《こな》だらけになってるじゃないの。ほんとにお行儀《ぎょうぎ》が悪い。それに、スナック菓子《がし》を丸々ひと袋《ふくろ》食べるなんて、とんでもないわ。体によくないでしょ。そんなことをしてたら、太っちゃうから」

「食べてないったら……」

そういいながら、フローラはまた、頭がくらくらしてきた。

あのリスがタイプしたんだ！

まさか、そんなことが！

フローラは小さな声でいった。「ごめんなさい」

「やれやれ」母さんが人さし指を立てた。またなにかを指さそうとしているにちがいない。

運のいいことに、そのとき、玄関《げんかん》のベルが鳴った。

15　電気椅子《いす》

バックマン家の玄関《げんかん》のベルが「鳴った」といういいかたは、正しくないかもしれない。ベルがこわれているのだろう。なかのなにかがねじれたか、ゆがんだか、ぐちゃぐちゃになったか……。とにかく、ベルは、気持ちよく「ピンポーン」と鳴らずに、おこったような音がした。窓《まど》ガラスがこわれそうに乱暴《らんぼう》な音、クイズ番組で不正解《ふせいかい》のときに鳴るような「ブーッ」という音が、家じゅうにひびきわたった。

犯罪者《はんざいしゃ》がなによりもおそれるっていう電気椅子《いす》の音みたい、とフローラは思った。

もちろん電気椅子《いす》の音をきいたことなんかなかったけれど、『あなたのまわりは、危険《きけん》だらけ！』のマンガを読んでいたから、知っていた。マンガには、〈電気椅子《いす》にすわったり、その音をきいたりするはめにならないよう、注意すること。それがなによりも大切だ〉と書いてあった。というか、それしか書いてなかった。これを読んだとき、フローラは、読んだ人が不安《ふあん》になるだけで、まるで役に立たない、と思った。

ベルの音をきいて、母さんがいった。「あれは、お父さんよ。お父さんときたら、いつもわざとあんな鳴らしかたをするんだから。あの音で、わたしにしかえしするつもりなのよ」

ベルがまた、ブーッと鳴って、母さんが「ほらね」といった。

フローラには、母さんのいっていることがわからなかった。

ベルの音で、相手にしかえしなんて、できるわけないじゃない。

ばかみたい。

フローラは、母さんがいうことや書くことはたいてい、ちょっとへんだ、と思っていた。たとえば、『喜《よろこ》びの翼《つばさ》にのって』という題名。いったい、いつから喜《よろこ》びは翼《つばさ》を持つようになったっていうの。

母さんがいった。「そこにつったってないで、ドアをあけて、お父さんをなかに入れてちょうだい。あなたのお父さんでしょ。わたしじゃなくて、あなたに会いにきたのよ」

電気椅子《いす》のようなベルの音がまた、家じゅうにひびきわたった。

「まったく、もう！　あの人ったら、なにをしてるのかしら。ベルによりかかってでもいるの？　フローラ・ベル、玄関《げんかん》にいって、なかに入れてあげてちょうだい」

フローラは、ゆっくりと居間《いま》をぬけながら、ほんとうにびっくりすることばかりだ、と、首を横にふった。

二階のわたしの部屋には、前足一本で掃除機《そうじき》を頭の上まで持ちあげられるリスがいる。

二階のわたしの部屋には、タイプができるリスがいる。

ほんとに、〈なんと、なんと、なんと！〉だ。きっと、これから、いろいろなことがおこるにちがいない。わたしとリスで、右へ左へと悪党《あくとう》をたおしていくんだ――フローラは、にこにこしてしまった。

ベルがまた、うるさい音をたてた。

フローラはにこにこしたまま、鍵《かぎ》をはずして、ドアを大きくあけた。

16　幻覚《げんかく》――みえないはずのものがみえた？

ドアの外に立っていたのは、父さんではなかった。

おとなりのティッカムさんだった。

フローラは思わずいった。「トゥーティー・ティッカムさん！」

ティッカムさんは、敷居《しきい》をまたいで居間《いま》に一歩入った。けれど、すぐに足をとめると、目を丸くして、いった。「まあ、あれはいったい、なんなの？」

フローラはふりかえりもしなかった。ティッカムさんがなんのことをいっているのか、わかっていたからだ。

「羊飼《ひつじか》いの少女。迷《まよ》えるものを導《みちび》く電気スタンド……なんだって。母さんのものです」

「なるほど」ティッカムさんはそういうと、やれやれというように首をふった。「スタンドのことは、もういいわ」それから、また一歩、フローラに近づいてきて、ひそひそ声でいった。「あのリスはどこ？」

「二階にいます」フローラもひそひそ声でこたえる。

「きのうのことは、ほんとうにおこったのか、それとも、わたしは幻覚《げんかく》をみるような――つまり、みえないはずのものがみえるような――病気になってしまったのか、たしかめにきたの」

フローラはティッカムさんをしっかりとみながら、いった。「ユリシーズは、タイプができるんです」

「だれがタイプができるって?」と、ティッカムさん。

「あのリス。あのリスは、スーパーヒーローになったの」

「いったいぜんたい、どんな種類《しゅるい》のスーパーヒーローがタイプするっていうの?」ティッカムさんがいった。

いい質問《しつもん》だ。たしかに、そのとおり。実際《じっさい》、リスがタイプライターをつかえるとしても、どうやって、悪党《あくとう》と戦《たたか》い、世界を変《か》えるのだろう?

そのとき、フローラの母さんがさけんだ。「ジョージなの?」

フローラもさけびかえす。「父さんじゃないよ! おとなりのティッカムさん」

台所が一瞬《いっしゅん》、しいんとしたあと、フローラの母さんが居間《いま》に入ってきた。おとながよくやる、大げさな作《つく》り笑《わら》いをうかべている。「まあ、おどろいた。ティッカムさん、いらしてくださって、うれしいわ。どんなご用かしら?」

ティッカムさんも、おとながよくやる、大げさな作《つく》り笑《わら》いをかえした。「ええと、ちょっとフローラに会いにきたんです」

「え? だれに?」と、母さん。

「フローラよ。お嬢《じょう》さんのフローラ」

「ほんとうに？　フローラに会いにいらしたの？」

フローラは「すぐにもどってくるから」というと、居間《いま》をかけぬけて、台所に入った。

ティッカムさんが「ずいぶんめずらしい電気スタンドだこと」といっているのがきこえた。

母さんがこたえている。「まあ、お気にめしたかしら？」

ふん！　フローラは心のなかでいった。

それから、タイプライターにはさまっていた紙をいきおいよくひきぬき、タイプされた言葉をみた。

まちがいない、幻覚《げんかく》なんかじゃない。

「なんと、なんと！」フローラはいった。

そのとき、金切り声がひびきわたった。

フローラは、紙をパジャマの上着の下につっこむと、居間《いま》にかけもどった。

すると、ユリシーズが、〈メアリー・アン〉のピンクの小花もようの笠《かさ》の上にすわっていた。

というか、すわろうとしていた。

前足でつかまって、うしろ足をばたばたさせ、ぐらぐらゆれる笠《かさ》の上で、今にもすべりおちそうになっている。と、ユリシーズがふと、動きをとめて、「大さわぎになっちゃって、ごめん。なんとかして」というような目でフローラをみたかと思うと、また、笠《かさ》といっしょにぐらぐらゆれだした。

「あら、まあ」と、ティッカムさんがいうと、母さんもいった。

「このリスったら、どうやって家のなかに入ったのかしら？　階段《かいだん》の上から飛《と》んできたのよ！」

ティッカムさんが、なにかいいたそうにフローラをみてから、いった。「そうなの。飛《と》んできたのよ」

「それで、ティッカムさんとわたしは、すっかりびっくりして、思わずさけんだの」

「ええ、さけんだわ。ひっくりかえりそうにおどろいて」

母さんがいった。「もし、あのリスがわたしのスタンドをこわしたら、わたし、なにをするかわからないわ。だって、メアリー・アンは、わたしの大切なむすめですもの」

「メアリー・アンって？」と、ティッカムさんがききかえした。

フローラが「リスをスタンドからおろすね」といって、ユリシーズのほうに手をのばすと、母さんがさけんだ。「さわっちゃ、だめ！　病気を持ってるわ」

そのとき、玄関《げんかん》のベルが鳴った。まるで、母さんの言葉にあわせて、おそろしい警報《けいほう》が鳴ったみたいにきこえた。

フローラと母さんとティッカムさんは、いっせいに、ふりむいた。

すると、ドアのむこうから、小さな声がした。

「トゥーティー大おばさん……？」

17　リスのにおいがする

玄関《げんかん》の外には、男の子が立っていた。背《せ》が低《ひく》く、白といってもいいくらい淡《あわ》い色の金髪《きんぱつ》だった。大きなサングラスをかけているので、目はかくれていて、みえない。

『光のスーパーヒーロー、ウルトラ・ピカットの冒険《ぼうけん》！』には、『あなたのまわりは、危険《きけん》だらけ！』とはべつに、おまけのマンガがもうひとつついていることがあった。それは、『犯罪者《はんざいしゃ》をみぬけ！』というシリーズだ。

このマンガには、犯罪者《はんざいしゃ》にけっしてだまされないようにするにはどうしたらいいかがくわしく書いてあり、〈相手のことを知るなによりの方法《ほうほう》は、その人の目をまっすぐにみることだ〉という文がなんども出てくる。

フローラはその言葉を思い出して、目の前にいる男の子の目をみようとしたけれど、黒いサングラスにうつった自分がみえただけだ。

パジャマ姿《すがた》のフローラが、アコーディオンのように横にのびて、ぼんやりと映《うつ》っている。

ティッカムさんが男の子にいった。

「ウィリアム、うちにいなさいといったでしょ」

すると、その男の子が、高くて、

細い声でいった。「でも、さけび声がきこえたから。それで、心配になって、できるだけ急いでこようとしたんだけど、運の悪いことに、とちゅうで、ちょっとした事故《じこ》にあって。つまり、植えこみにつっこんじゃったんだ。ちょっとつっこんだだけなのに、切《き》り傷《きず》と出血があるみたいで……。うん、血が出てると思うな。血のにおいがするから、ほぼまちがいない。でも、心配はいらないよ。だから、大さわぎはしないで」

ティッカムさんが「これは、わたしの甥《おい》っこです」というと、その子が口をはさんだ。

「正しくは、姪《めい》の息子です。傷《きず》をぬわずにすむといいけど。ぬわないといけないかな？」

ティッカムさんはそれにはこたえずに、話をつづけた。「ウィリアムっていうの」

すると、姪《めい》の息子がまたいった。「正しくは、ウィリアム・スパイヴァーです。できれば、ウィリアムではなく、ウィリアム・スパイヴァーと呼《よ》んでほしいんです。世界じゅうに大勢《おおぜい》いる、ほかのウィリアムと区別《くべつ》するために」ウィリアム・スパイヴァーは、ほほえんでつづけた。「あなたがたがだれかわからないけど、お目にかかれてうれしいです。できれば、握手《あくしゅ》をしたいんですが、さっきもいったように血が出ているし、目がみえないから」

ティッカムさんがいった。「あなたの目は、みえます」

すると、ウィリアム・スパイヴァーがいった。「トラウマ、つまり、心にうけた傷《きず》が原因《げんいん》で、一時的《いちじてき》に目がみえなくなっているんです」

トラウマが原因《げんいん》で一時的《いちじてき》に目がみえない。

その言葉をきいて、フローラはぞくぞくっとした。

わあ、ほんとうにいろんな危険《きけん》があるものだ。いくらだって、新しいのが出てくるみたい。それにしても、どうして、『あなたのまわりは、危険《きけん》だらけ！』には、トラウマが原因《げんいん》で一時的《いちじてき》に目がみえなくなる病気のことがのってなかったんだろう？　それに、幻覚《げんかく》のことも。

「ぼくは、一時的《いちじてき》に目がみえなくなっているんです」ウィリアム・スパイヴァーは、くりかえした。

「まあ、つらい思いをしたのね」フローラの母さんがいうと、ティッカムさんがこたえた。

「ウィリアムの目はみえますよ。ところで、この子、今朝《けさ》、急に、きたんです。夏のあいだずっと、うちですごすことになって。とつぜんのことで、びっくりするやら、わくわくするやら……そりゃあ、もう大変」

「トゥーティー大おばさん、ほかにいくところがないからだよ。知ってるでしょ。ぼくは、運命の風のふくままに生きてるんだ」と、ウィリアム・スパイヴァー。

フローラの母さんが、手をたたいていった。「まあ、すてき。うちのフローラに小さなお友だちができるわ」

フローラはすかさず口をはさんだ。「小さなお友だちなんて、いらない」

すると、母さんは「ぜったいに必要《ひつよう》よ」といってから、ティッカムさんのほうへ顔をむけた。「フローラは、ひとりぼっちなんです。それで、マンガばかり読んでいて。ええ、読みすぎなんです。それで、なんとかやめさせようとしてるんですが、なにしろわたしは、小説《しょうせつ》を書くのに忙《いそが》しくて、この子はひとりでいることが多いんです。そのせいで、変《か》わった子になってしまったんじゃないかと、心配で……」

「わたし、変《か》わった子じゃないもん」といいながら、フローラは思った。そうだよね。だって、目の前に、ウィリアム・スパイヴァーとかいう、ほんとうにとても変《か》わった子がいるんだから。

ウィリアム・スパイヴァーは、「きみと友だちになれたら、光栄《こうえい》です」とフローラにいうと、おじぎをした。

母さんがいった。「まあ、なんてりっぱなんでしょう」

「ほんと、りっぱだね」と、フローラ。

すると、ウィリアム・スパイヴァーがいった。「ところで目がみえない人間は——ぼくみたいに一時的にみえないものでも——すぐれた嗅覚《きゅうかく》を持っていて、においがよくわかるんです」

ティッカムさんは「まったくもう、いいかげんにしてちょうだい」といったけれど、ウィリアム・スパイヴァーはつづけた。

「でも、これはいっておかないと。なにか、ふつうじゃないにおいがします。人間の家庭内では通常《つうじょう》かぐことのないにおいが……」それから、せきばらいをして、いった。「リスのにおいだ」

リス！

ウィリアム・スパイヴァーがあらわれて、気をとられていたものだから、みんな、ユリシーズのことをわすれていた。

フローラと母さんとティッカムさんは、いっせいにふりかえって、ユリシーズをみた。ユリシーズはまだ、メアリー・アンの笠《かさ》のてっぺんについた青と緑の球の上で、必死《ひっし》にバランスをとっていた。

フローラの母さんがいった。「あのリス……あのリスは、狂犬病《*1きょうけんびょう》にかかっているにちがいないわ。おいださないと」

＊1　「狂犬病ウイルス」が体に入ることによっておこる病気。犬だけでなく、さまざまな動物や人もかかる。

18　自然《しぜん》科学の勉強

ティッカムさんが母さんにいった。「そのリス、わたしがつれていってもいいかしら？　自然《しぜん》にかえしてやろうと思うの」

ウィリアム・スパイヴァーが口をはさんだ。「裏庭《うらにわ》を自然《しぜん》と呼《よ》べるならね」

ティッカムさんは「おだまりなさい、ウィリアム」というと、ユリシーズのほうへ手をのばした。

母さんが金切り声をあげた。「さわっちゃだめ！　手袋《てぶくろ》もつけずにさわるなんて、よくないわ。リスは病気を持っているにきまってるから」

「じゃあ、軍手《ぐんて》かなにか、用意していただけるかしら。そうしたら、スタンドからそのリスをひきはがして、すぐさま外で放してやります。子どもたちも、いっしょにきていいわよ。こんな機会《きかい》はめったにありませんからね。自然《しぜん》科学のいい勉強になるわ」

「あんまり、自然《しぜん》科学の勉強って感じはしないけど」ウィリアム・スパイヴァーがまた口をはさむと、母さんもいった。

「ええと、それがちょっと……フローラ・ベルの父親が、むかえにくることになっているんです。毎週土曜日に、フローラと会うことになっていて。そろそろくるころだわ。それなのに、この子ったら、まだパジャマのままだし」

「フローラ・ベル？　なんて、きれいなひびきなんだろう。すてきな名前だね」と、ウィリアム・スパイヴァー。ティッカムさんが、安心させるようにやさしく母さんにいった。「だいじょうぶ、ほんの一分ですみますよ。それに、子どもたちが知りあういい機会《きかい》になるし」

「ゴム手袋《てぶくろ》を持ってくるわ」

そういうわけで、手袋《てぶくろ》をはめたティッカムさんとふたりの子どもたちは、ティッカム家にむかっていた。おとなたちの考えでは、これが「知りあういい機会」になるらしい。

ティッカムさんがつけていたのは、ひじまでとどく、皿洗《さらあら》い用のゴム手袋《てぶくろ》だった。はでなピンク色で、やたらとてかてか光っている。ティッカムさんはその手でユリシーズをかかえていた。うしろから、フローラとウィリアム・スパイヴァーがならんでついていく。

歩きはじめるとき、ウィリアム・スパイヴァーはフローラの肩《かた》に左手をかけて、こういった。「フローラ・ベル、こうやってつかまってもいい？　このまま、トゥーティー大おばさんの家までつれていってもらえる？　目がみえないと、世の中は、危険《きけん》だらけで油断《ゆだん》ならないんだ」

フローラは、目がみえても世の中は危険《きけん》だらけで油断《ゆだん》ならない、と思ったけれど、そのことはいわなかった。

それに、「油断《ゆだん》ならない」といえば、フローラのまわりでおこっていることだって、そうだった。思っていたのとは、まるでちがうことになっていく。

フローラは、ユリシーズが、犯罪《はんざい》や悪や裏切《うらぎ》りと戦《たたか》うところを思いえがいていた。ユリシーズが、正義《せいぎ》の味方フローラ・バックマン（わ、かっこいい！）とならんで、この世界を飛《と》びまわるのだ……（なんと、なんと！）。

それなのに、今、しているのは、一時的《いちじてき》に目がみえないとかいう男の子に手をかしながら、自分の家の裏庭《うらにわ》を歩くこと。どうひかえめにいっても、期待はずれだ。

「トゥーティー大おばさん、もう、リスを放した？」

ウィリアム・スパイヴァーがたずねると、ティッカムさんはこたえた。「いいえ、まだよ」

「ぼくになにかかくしてない？　なんだかそんな感じがするんだけど、どうしてかなあ？」

「ウィリアム、うちにもどるまで、しずかにしていてちょうだい。ほんの少しのあいだ、だまっていることはできない？」

ウィリアム・スパイヴァーは、ため息をついた。「もちろん、できますよ。ぼくは、しずかにしている達人《たつじん》だからね」

うそばっかり、とフローラは思った。

フローラの肩《かた》においたウィリアム・スパイヴァーの手に、ぎゅっと力が入る。「フローラ・ベル、年をおしえてくれる？」

「そんなに強くつかまないで。十歳《さい》よ」

「ぼくは十一歳《さい》。十一歳《さい》だなんて、ほんとにおどろいちゃうよ。もっとずっと年をとってるような気がするからね。それから、これは、事実だからいうけど、ぼくの身長は、十一歳《さい》の平均《へいきん》より低《ひく》い。おまけに、背《せ》がちぢんでる。大きな心の傷《きず》をうけると、成長《せいちょう》がおくれることがあるからね。といっても、心の傷《きず》のせいで背《せ》がちぢむことがあるのかどうかまでは、わからないけど」

「どんなつらいことがあって、目がみえなくなったの？」フローラは、きいてみた。

「今は話さないほうがいいと思う。おどろかせたくないから」

「おどろいたりしないよ。だってわたし、ひねくれ屋だもん。ひねくれ屋は、どんなことをきいてもおどろかないものなの」

するとウィリアム・スパイヴァーはいった。「きみはそういうけど……」

そのとき、フローラの頭に「かくしたがる」という言葉がうかんだ。「必要以上《ひつよういじょう》に」という言葉がついている。

フローラは声に出して、いってみた。「必要以上《ひつよういじょう》にかくしたがる……」

「え？　もういちど、いってくれない？」ウィリアム・スパイヴァーがききかえした。

三人はティッカム家の裏庭《うらにわ》をぬけて、裏口《うらぐち》から台所に入った。ベーコンとレモンのにおいがしている。

ティッカムさんは、ユリシーズをテーブルの上におろした。

ウィリアム・スパイヴァーがいった。「どうしてかなあ。大おばさんのうちにもどってきたのに、まだ、リスのにおいがする」

フローラは、パジャマのなかにかくしていた紙をとりだすと、ティッカムさんにわたした。なんだか、スパイになって、秘密文書《ひみつぶんしょ》をわたしてるみたい。うん、任務《にんむ》に成功《せいこう》して、とくいげなスパイ。たとえ、着ているのがパジャマだとしても。

ティッカムさんがきいた。「これは、なに？」

「ティッカムさんが病気じゃないっていう証拠《しょうこ》。幻覚《げんかく》なんかじゃなかったの」

ティッカムさんは両手で紙を持って、じっとみつめると、いった。

「〈リシ！〉ですって⁉」

「リシ？」ウィリアム・スパイヴァーがききかえした。

「先も読んで」フローラがいう。

「〈リシ！　ぼくは。ユリシーズ。うまれかわった〉」

「ね？　リスをリシって打ちまちがえてるけど、ちゃんとタイプできてるでしょ」と、フローラ。

ウィリアム・スパイヴァーがきいた。「それがなにを証明《しょうめい》してるっていうの？　そもそも、どんな意味？」

ティッカムさんが「リスは、ユリシーズっていう名前なのよ」とおしえると、ウィリアム・スパイヴァーがいった。

「待って。リスがその文をタイプしたっていってるわけ？　フローラ、きみは、そう断言《だんげん》してるの？」

断言《だんげん》してるのかって？

フローラはこたえた。「うん、そういいきれる」

ティッカムさんがいった。「やっぱり幻覚《げんかく》がつづいてるみたい」

「なんの幻覚《げんかく》？」ウィリアム・スパイヴァーがたずねると、ティッカムさんがこたえた。

「スーパーヒーローのリスの幻覚《げんかく》よ」

「冗談《じょうだん》でしょ」と、ウィリアム・スパイヴァー。

そのとき、ユリシーズがうしろ足で立って、ウィリアム・スパイヴァー、つぎにティッカムさん、最後《さいご》に、フローラをみた。それから、フローラにむかってまゆをあげると、なにかをたずねるような、そして、期待するような顔つきをした。

フローラはふいに自信《じしん》がなくなって、不安《ふあん》でいっぱいになった。

なんといっても、ユリシーズはリスだ。スーパーヒーローだという証拠《しょうこ》なんかない。タイプしたのは、ユリシーズじゃないかもしれない。だったら、どうしよう。それに、ティッカムさんがいったことも、気になる。どんな種類《しゅるい》のスーパーヒーローなの？

フローラは、マンガの主人公アルフレッドのことを考えた。

まわりの人ははじめ、アルフレッドがスーパーヒーローだということを信《しん》じようとしなかった。だから、アルフレッドがスーパーヒーロー、ウルトラ・ピカットだっていうことは、インコのドロリスしか知らなかった。本気で信《しん》じたのは、ドロリスだけだったのだ。

ユリシーズがスーパーヒーローだと信《しん》じることが、わたしの役目？

そうすると、わたしはなんなの？　インコ？

ウィリアム・スパイヴァーがいった。「もういちどたしかめたいんだけど、自称《じしょう》ひねくれ屋のきみは、あのリスがスーパーヒーローだと断言《だんげん》するんだね」

〈期待するな。観察《かんさつ》せよ〉という言葉が、フローラの頭にふっとうかんだ。

フローラは深々と息をすうと、その言葉を頭からはらいのけて、いった。

「うん、その紙の文は、リスのユリシーズがタイプしたのよ」

「じゃあ……」ウィリアム・スパイヴァーはフローラの肩《かた》に手をかけたままだ。

どうしていつまでも手を放さないんだろう、とフローラは、ふしぎに思った。

ウィリアム・スパイヴァーはつづけた。「……科学的《かがくてき》に証明《しょうめい》してみよう。そのリスをトゥーティー大おばさんのコンピューターの前において、タイプするようにいってみるんだ。もう一度やってごらん、ってね」

19　うっかり打った「す」

ユリシーズは、コンピューターの前にすわった。コンピューターには、フローラの母さんのタイプライターとちがって、紙がない。目の前にあるのは、まっしろな画面だ。コンピューター全体から光と熱《ねつ》が出ていて温かいけれど、よそよそしいにおいがする。

でも、キーボードは、タイプライターとよくにていた。同じ順番《じゅんばん》で同じ文字がならんでいる。

フローラとティッカムさんは、うしろに立っている。サングラスをかけたウィリアム・スパイヴァーも、同じようにうしろに立った。

今が、かんじんなときだ。ユリシーズには、そのことがよくわかっていた。すべてが自分にかかっている。フローラのために、やらなくちゃ。

ひげがふるえた。自分でも、それがわかったし、ふるえているのが実際《じっさい》にみえた。

ぼくに、なにができるだろう？

ユリシーズはふりかえると、しっぽのにおいをかいだ。

りっぱなことなんか書けない。だから、ぼくは、ぼくらしくしよう。キーボードの文字をつかって、思ったことをそのまま伝えよう。うん、ぼくがどんなリスか、わかってもらおう。

でも、ぼくって、なんなんだろう？

ぼくは、どんなリスなんだろう？

ユリシーズは、部屋のなかをみまわした。壁《かべ》の上のほうまでとどく縦長《たてなが》の窓《まど》があって、窓《まど》の外には、たっぷりの緑と、青い空がみえる。部屋のなかには、本がぎっしりならんだ棚《たな》がたくさん。そして、コンピューターのむこうの壁《かべ》には、上のほうに絵が一枚《まい》かかっている。金色の光につつまれた男の人と女の人が町の上にうかんでいる絵だ。女の人は、男の人にだきかかえられて、片手《かたて》を前にのばし、家に帰る道をおしえているようにみえる。ユリシーズは、その女の人の顔が気に入った。なんとなくフローラににている。

絵をみているうちに、ユリシーズは、心のなかが温かくなってきた。

そうだ、わかったぞ。だれが描《か》いた絵か知らないけど、この絵を描《か》いた人は、あの男の人と女の人のことが大すきなんだ。ふたりの下にある町のことも、ふたりをつつむ金色の光も、大すきなんだろうな。ぼくにも、大すきなものがある。窓《まど》の外の緑色の世界。青い空。フローラの丸い頭。うん、おんなじだ。

ユリシーズのひげは、もう、ふるえていなかった。

ウィリアム・スパイヴァーがきいた。「なにがおこってるの？」

「なにも」と、フローラ。

「まあ、このリス、まるで催眠術《さいみんじゅつ》をかけられたみたいになってるわ」

「しーっ」フローラがティッカムさんにむかって、くちびるに指をあてた。

ユリシーズは、少しずつキーボードに近づいていった。

す

どこからともなく文字があらわれるのをみて、リスは思った。「なんて美しいんだろう」
「す」よ、ウィリアム・スパイヴァー
それで?なんて打ったの?
でも、うっかりさわっただけかも
ウィリアム、ちょっとしずかにしてくれない?

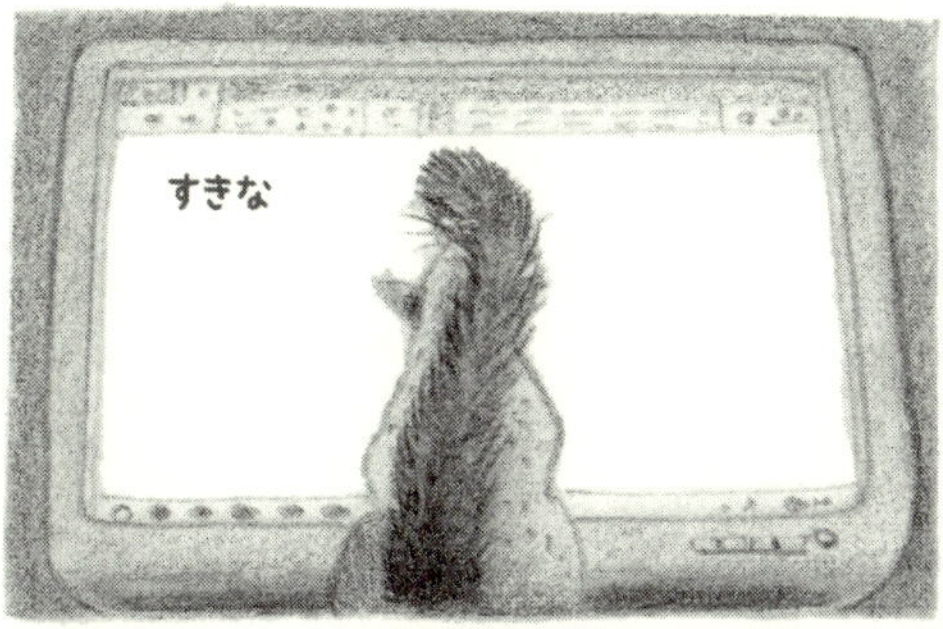

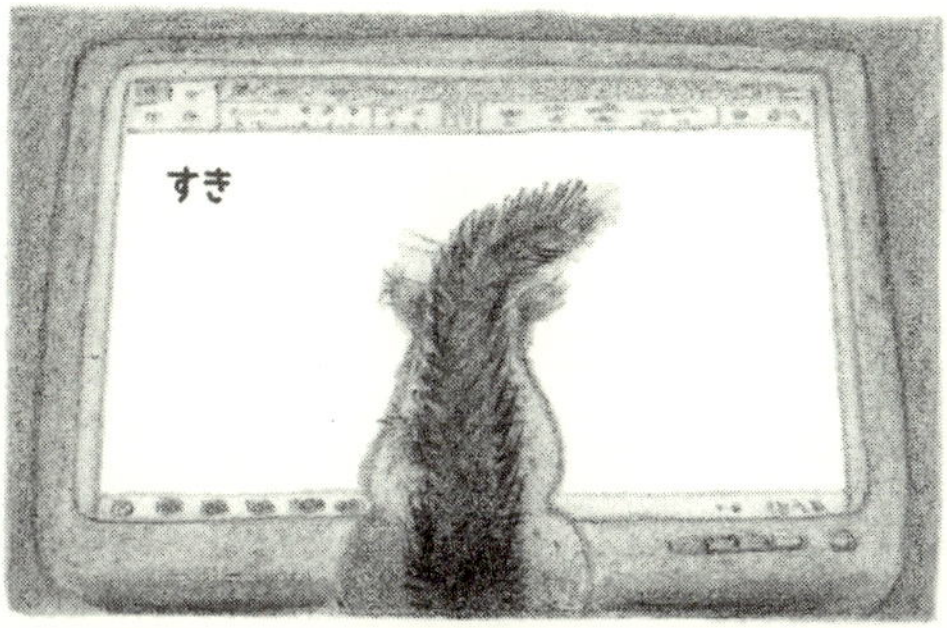

リスは文字を打ちはじめ、

三人は待った。

そして、ついに運命のときがきた……

20　ユリシーズの言葉

すきなものは、
きみのまるいあたま、
あざやかなみどり、
青い色をみること、
ここにでてくる文字、
このせかい、きみ。
ぼくは、とても、とても、はらぺこだ。

21　詩

フローラたちは、ティッカム家の書斎《しょさい》にいた。ティッカムさんは、ソファで横になって、袋《ふくろ》入りの冷凍《れいとう》グリーンピースをおでこにのせている。というのも、少しまえに気を失《うしな》って、たおれたからだ。

運の悪いことに、たおれるときに、机《つくえ》の端《はし》で頭を打った。

でも、運のいいことに、フローラが『あなたのまわりは、危険《きけん》だらけ!』に書いてあったことをおぼえていた。袋《ふくろ》入りの冷凍《れいとう》グリーンピースは、湿布《しっぷ》にするのにぴったりで、〈いたみをやわらげ、腫《は》れを少なくする〉ことができるのだという。

ウィリアム・スパイヴァーがフローラにたのんだ。「もういちど、読んでくれないかな」

フローラは、ユリシーズが打った言葉を、もういちど読みあげた。

ティッカムさんが、信《しん》じられないというようにいった。「そのリス、詩を書いたのよ」

「頭を動かさないでください。グリーンピースが落ちちゃうから」フローラはティッカムさんに声をかけた。

「最後《さいご》のところが、よくわからないな。はらぺこだ、っていうところだよ。どういう意味だろう」と、ウィリアム・スパイヴァー。

フローラは、コンピューターから顔をあげて、ウィリアム・スパイヴァーのサングラスをのぞきこんだ。こんどもまた、パジャマを着た、丸い頭の自分がうつっていた。「ユリシーズはおなかがすいてる、ってことよ。まだ朝ごはんを食べてないから」

「ああ、そうか。文字どおりの意味なんだね」

コンピューターの横にうしろ足で立っていたユリシーズは、「うんうん、朝ごはんがほしいんだ」というように、大きくうなずいた。

「それは詩だわ」

ソファからティッカムさんがいうと、ユリシーズは、ほんの少しだけ、胸《むね》をはった。

ウィリアム・スパイヴァーがいった。「うん、詩かもしれない。だけど、すばらしいとはいえないな。いい詩ですらない」

「だけど、この詩、どういう意味かしら？」と、ティッカムさんがたずねると、ウィリアム・スパイヴァーがこたえた。

「意味なんか、なくたっていいじゃない。どうせ、この世界はでたらめだらけなんだから」

「まあ、ウィリアムったら」

フローラは、心のなかが、もやもやしてきた。これは、なんだろう？　ユリシーズを自慢《じまん》したいっていう気持ち？　ウィリアム・スパイヴァーにいらいらする気持ち？　おどろき？　期待？

そのとき、ふいにフローラは、アルフレッド・T《ティー》・スベラーがウルトラ・ピカット！　の水槽《すいそう》に落ちた場面を思い出した。あのとき、アルフレッドの頭の上には、こんな文章が書いてあった。

フローラは、ウィリアム・スパイヴァーにいった。「ユリシーズがスーパーヒーローだって、信《しん》じてないの？」

「もちろん、信《しん》じられない！」

「信《しん》じなさい」

「どうして？」

フローラは、ウィリアム・スパイヴァーをみつめて、いった。「サングラスをとってよ。目をみたい

から」

「いやだ」

「とりなさいったら」

「いやだ」

ティッカムさんが口をはさんだ。「ほらほら、あなたたち、やめてちょうだい」

ウィリアム・スパイヴァーって、ほんとはだれなの？

もちろん、わかってる。

ウィリアム・スパイヴァーは、トゥーティー・ティッカムさんの姪《めい》の息子で、なにかわけがあるのか、夏休みをすごすために、とつぜん大おばさんの家にやってきた。

だけど、ほんとうはなにものなの？　もし、マンガの登場人物だったら、どうする？　日光が目にあたったとたん、力を失《うしな》う悪党《あくとう》だとしたら？

スーパーヒーローのウルトラ・ピカットは、いつも、強敵《きょうてき》〈ダークハンド〉に攻撃《こうげき》されていた。

どんなスーパーヒーローにも、かならず、敵《てき》がいる。

もし、ユリシーズの敵《てき》が、ウィリアム・スパイヴァーだとしたら？

フローラは「真実をあばいてやる！」というと、一歩前に出て、片手《かたて》をのばし、ウィリアム・スパイヴァーのサングラスをとろうとした。

そのとき、母さんが呼《よ》ぶ声がした。「フロ――――――――ラ――――――――・ベ――――――――ル、お父さんがきたわよー！」

ウィリアム・スパイヴァーはつぶやいた。「フローラ・ベル……」

ユリシーズは、まだ、うしろ足で立っていた。耳をぴんとさせて、まわりの声をきいている。そして、フローラとウィリアム・スパイヴァーを、かわるがわるみた。

フローラが「いかなくちゃ」というと、ウィリアム・スパイヴァーが「待って」とひきとめた。

フローラは、ユリシーズの首《くび》すじを持ってだきあげると、パジャマの上着のなかに入れた。

「また、会える？」ウィリアム・スパイヴァーからきかれて、フローラはこたえた。

「ウィリアム・スパイヴァー、この世界はでたらめだらけなんでしょ。また会えるかどうかなんて、わかるわけないじゃない」

22　大きな耳

フローラの父さんは、玄関前《げんかんまえ》の階段《かいだん》のいちばん上で、ひらいたドアの前に立っていた。土曜日だというのに、しかも、夏だというのに、黒っぽいスーツにネクタイをしめ、仕事にいくときの帽子《ぼうし》をかぶっている。

父さんは、フリントトン・フロストン・フリック会計事務所《じむしょ》で働《はたら》く会計士《かいけいし》。もしかしたら、父さんは世界でいちばんさびしい人かもしれないな、とフローラは思っていた。だって、父さんの手もとにはもう、ウルトラ・ピカットとドロリスのマンガさえないんだもん。

「父さん、いらっしゃい」

「やあ、フローラ」父さんは笑顔でこたえてから、ため息をついた。

「わたし、まだ、したくができてないの」

「かまわないよ、待ってるから」父さんはそういって、また、ため息をついた。

それから、フローラといっしょに居間《いま》に入ってソファにすわると、帽子《ぼうし》をぬいで、左のひざの上にそっとのせた。

母さんが台所からさけんだ。「ジョージ、なかに入ったの？　フローラもそこにいる？」

「入ったよ！　フローラもいっしょだ！」

タイプライターのカタカタいう音が家のなかにひびいている。食器棚《しょっきだな》のナイフやフォークもカチャカチャ音をたてていた。そして、ぱたりと音がやんだ。

母さんがさけんだ。「ジョージ、なにをしているの？」

「ソファにすわってるよ、フィリス。フローラのしたくができるのを待っているところだ！」父さんはそういうと、帽子《ぼうし》を左のひざから右のひざにうつし、また左にもどした。

ユリシーズが、フローラのパジャマのなかで、もぞもぞしている。

母さんがまた、さけんだ。「今日は、ふたりでなにをする予定なの？」

「わからないよ、フィリス！」

母さんが話しながら、居間《いま》に入ってきた。「ジョージ、あなたの声は、はっきりときこえてるから、そんなふうにさけばなくてもいいわ。フローラ、パジャマの上着のなかに、なにを入れてるの？」

「なにも」

「あのリスなの？」

「ちがう」と、フローラ。

父さんが口をはさんだ。「リスって、なんのことだ？」

母さんは父さんを無視《むし》していった。「フローラ、うそをつかないで」

「わかった。リスが入ってる。だって、飼《か》ってるんだもん」

「そんなことじゃないかと思ったわ。なにか、かくしてると思ってたのよ。いい？　そのリスは病気を持っているのよ。あなたは、危険《きけん》なことをしようとしてるの」

フローラは、ぷいっと母さんに背《せ》をむけた。

パジャマのなかにはスーパーヒーローがいるんだから、母さんのいうことなんか、きくことはない。ほかのだれのいうことだって、きかなくていい。ユリシーズとフローラの大活躍《だいかつやく》が、はじまろうとしてるんだから。

「着かえてくる」と、フローラはいうと、二階にむかった。

「フローラ・ベル、あなたの思いどおりにはいかないわよ。そのリスを飼《か》うわけにはいきません」母さんがうしろから、声をかけてきた。

父さんが、また、きいた。「リスって、なんのことだ?」

フローラは、階段《かいだん》のとちゅうで立ちどまった。

マンガ『犯罪者《はんざいしゃ》をみぬけ!』によれば、本気で犯罪《はんざい》と戦《たたか》い、犯罪者《はんざいしゃ》を打ちまかしたいなら、人のいうことに注意深く耳をかたむけなくてはならないらしい。マンガには、こう書いてあった。

〈どんな言葉も、つねに、人の心の動きを知る手がかりになる。真実もうそも、ささやき声もどなり声も、よくきくことだ。ものごとをきちんと理解《りかい》したいと思ったら、全身を耳にせよ。「大きな耳」になれ〉

フローラはまさに今、それをやってみようとしていた。

パジャマのなかからユリシーズを出すと、フローラは小声でいった。「わたしの肩《かた》にすわって」

ユリシーズが肩《かた》にのぼってくると、さらに声をかけた。「しっかりきいて」

ユリシーズはうなずいた。

リスを肩《かた》にのせていると、自分が勇敢《ゆうかん》で、なんでもできるような気がする。フローラは、小声でいつもの言葉をとなえた。「期待するな。観察《かんさつ》せよ」

それから、深々と息をすうと、その息をゆっくりとはきだし、ぴくりともせずにじっと立って、「大きな耳」になった。

そして、「大きな耳のフローラ」にきこえてきたのは、おどろくようなことだった。

23　悪役の登場

フローラの母さんが父さんにいっている。「ジョージ、困《こま》ったわ。フローラが、病気を持ったリスをかわいがっているのよ」

「どういうことだい？」

「リ、ス、が、い、る、の」母さんが、さっきよりゆっくりとくぎっていった。書いたものをひと文字ずつ指さしているようないいかただ。

父さんは母さんの言葉をくりかえした。「リスがいる……」

「リスは、病気を持っているの」

「病気のリスがいるんだな」

「車庫に麻袋《あさぶくろ》があるわ。それに、シャベルも」と、母さんがいうと、父さんがまた、くりかえした。

「わかった、袋《ふくろ》とシャベルがあるんだな。車庫に」

そのあと、母さんはだまりこんだ。しばらくして、母さんがまた、話しはじめた。「……だから、あなたに、あのリスをらくにしてやってほしいの」

「え、なんだって？」

「ジョージ、おねがいだから、やって！　リスを袋《ふくろ》に入れて、シャベルで頭をなぐってちょうだい」

父さんが息をのんだ。

フローラも息をのんだ。そして、自分が息をのんだことにおどろいた。母さんの恋愛小説《れんあいしょうせつ》に出てくる女の人たちはよく、手を胸《むね》にあてて、息をのむ。けれど、フローラは、そんなことをするタイプではない。なんといっても、ひねくれ屋なのだから。

「わけがわからん」

父さんがいうと、母さんはせきばらいをして、ぞっとするような言葉をもういちど、いった。しかも、まえより大声で、もっとゆっくりと。「ジョージ、リスを、袋《ふくろ》に、入れて、シャベルで、頭を、なぐってちょうだい」そこで母さんは、いちど言葉をきって、またつづけた。「それから、そのシャベルを、つかって、リスを、うめて」

父さんが、今にも泣《な》きだしそうな声でいった。「リスを袋《ふくろ》に入れる？　シャベルで頭をなぐる？　あ、フィリス、そんなことはできない」

「できるわ。そうすることこそが、思いやりなのよ」

フローラは、気がついた――ウィリアム・スパイヴァーのことを、注意すべき重要人物《じゅうようじんぶつ》だなんて思ったのは、まちがいだった。なにもかもが、おそろしいほど、はっきりとしてきた。ユリシーズがスーパーヒーローで（たぶん）、その強敵《きょうてき》がフィリス・バックマン（これはまちがいない）なのだ。

まさに、〈まさか、こんなことが！〉だ。

24　あとをつけられたり、おいかけられたり、おどされたり、毒《どく》をもられたり……

母さんの言葉をきいて、ユリシーズがショックをうけたとしても、おかしくない。ところが、実際《じっさい》は、そうでもなかった。

悲しいけれど、「リスなんか、いなくなればいい」と思っている人は、いつでも、どこにでも、いるものだ。

ユリシーズは、まだ若《わか》い。うまれてから何年もたっていない。それなのに、かぞえきれないくらいいなんども、おそろしい目にあってきた。

ネコにしのびよられたり、アライグマにおそわれたり、パチンコでねらわれたりしたのだ。矢が飛《と》んできたこともある。ほんものではなくてゴムの矢だったけれど、それでも、あたったときはいたかった。

それだけじゃない。大声でどなられたり、おどされたり、毒入《どくい》りの食べ物をしかけられたりもした。庭のホースでいきおいよく水をかけられて、頭からしっぽまでずぶぬれになったこともあった。公園で、小さな女の子に大きなクマのぬいぐるみでバンバンたたかれたこともある。そのときは、死ぬかと思った。

そして、去年の秋には、トラックにしっぽをひかれた。

だから、シャベルで頭をなぐられるかもしれないとわかっても、正直いって、そんなにこわいとは思わなかった。

毎日のくらしは、危険《きけん》でいっぱいだ。リスだったら、とくにそう。

母さんが「リスをシャベルでなぐって」と父さんにたのんでいたとき、ユリシーズが考えていたのは、「死」ではなく「詩」のことだった。

ユリシーズがタイプライターで打った文を読んで、ティッカムさんは「詩だわ」といった。

「詩」。いい言葉だなあ。短い言葉なのに、なかみがつまっていて、羽がはえているみたいに軽やかなひびきがする。

詩。

そのとき、フローラがいった。「心配しないで。きみは、スーパーヒーローなんだから」それから、ウルトラ・ピカットのセリフをまねした。「この悪事をとめなくては！」

ユリシーズは、つめでフローラのパジャマにしっかりとつかまった。

「そう、悪事……」と、フローラはくりかえした。

ユリシーズは、心のなかでもういちど、

「詩」とつぶやいた。

25　アザラシの脂肪《しぼう》

フローラは、車のうしろの座席《ざせき》にすわっていた。父さんの車のなかは、キャンディーとケチャップのにおいがする。とくに、うしろの座席《ざせき》にいると、においがひどかった。

フローラは、ひざの上に、ふたのあいた靴《くつ》の箱をのせていた。なかには、ユリシーズが入っている。まだ、車は動きだしていないというのに、フローラはもう車によったみたいに、気持ちが悪かった。それに、ほんの少しだけれど、とまどっていた。

きのうから、わけのわからないことばかり、おこっている。

たとえば、靴《くつ》の箱のなかにいるユリシーズのこと。ユリシーズは、車のトランクにシャベルが入っていることも、運転席《うんてんせき》の男の人――つまり、父さん――が、そのシャベルで自分の頭をなぐるように、といわれていることも知っている。それなのに、ちっともこわがっているようにみえない。それどころか、なんだかうれしそうだ。

それから、母さん。靴《くつ》の箱をくれて、こういった。「車にのっているあいだ、あなたの小さなお友だちがけがをしたりしないように、箱に入れてつれていくといいわ。ほら、なかにふきんをしいてあげたら、気持ちがいいんじゃないかしら」

そして、玄関《げんかん》でフローラをみおくるときには、すごくにこにこしながら「いってらっしゃい」と、手をふっていた。リス殺《ごろ》しを命じたくせに、いい人ぶってる。まるでウルトラ・ピカットの強敵《きょうてき》ダークハンドみたい。

そう、母さんをみれば、みた目となかみはちがうってことがわかる。

フローラは、ひざの上のユリシーズをみおろした。もちろん、ユリシーズだって、みた目とはぜんぜんちがう。といっても、いいほうに。そう、スーパーヒーローのウルトラ・ピカットみたいにね。

ユリシーズはスーパーヒーローだから、きっと、ウルトラ・ピカットみたいに強敵《きょうてき》を打ちまかす――

そう思うと、ぞくぞくっとした。父さんも母さんも、自分たちがやっつけようとしているのがどんなリスか、ぜんぜんわかっていないのだ。

父さんが、車をバックで発進させた。

そのとき、ウィリアム・スパイヴァーが、ティッカム家の前庭に立っているのがみえた。空をみあげていたけど、車の音に気づいて、ゆっくりとこちらに顔をむけた。サングラスに日光があたって、きらっと光る。

そこに、ティッカムさんが出てきて、ピンク色のゴム手袋《てぶくろ》を、まるで降参《こうさん》の旗《はた》みたいに必死《ひっし》にふった。

「ちょっと待って！」

フローラは父さんにいった。「とまらないで！　早くいって！」

ティッカムさんとは話したくなかったし、ウィリアム・スパイヴァーとは、ぜったいに話したくなかった。ウィリアム・スパイヴァーのサングラスにうつる自分の姿《すがた》をみたくなかったからだ。フローラだって、でたらめで、わけのわからないことばかりおこるこの世界にうんざりしていたけれど、ウィリアム・スパイヴァーがぐだぐだいうのなんか、ききたくない。

それに、今は時間がなかった。リス殺《ごろ》しをやめさせなくちゃならないし、スーパーヒーローのユリシーズに力をかして、いっしょに悪党《あくとう》をやっつけたり、この世界の悪という悪をぜんぶなくしたりもしなきゃならない。ウィリアム・スパイヴァーとばかげた話をしているひまはないのだ。

そのとき、ウィリアム・スパイヴァーが、「フローラ・ベル！」と、さけんだ。まるで、フローラが話したくないと思っていることがわかったみたいに、必死に呼《よ》びとめようとしている。「ねえ、ぼく、おもしろいことを考えついたんだ」

ウィリアム・スパイヴァーは、車のほうへかけてきたけれど、しげみにつっこんでころんでしまい、ティッカムさんを呼《よ》んだ。「トゥーティー大おばさん、ちょっと手をかしてもらいたいんだけど」

父さんはおどろいて、急ブレーキをかけた。「いったい、なんのさわぎだ？」

フローラは説明した。「あれは、『一時的《いちじてき》に目がみえない』男の子。それと、あの子のおばさんで、おとなりに住んでるティッカムさん。ほんとは、おばさんじゃなくて、大おばさんらしいけど、気にしないで。どっちでも、同じようなものだから。それより、車を出して」

けれど、手おくれだった。ティッカムさんがウィリアム・スパイヴァーをしげみから助けだして、ふたりいっしょにこっちにむかってきたからだ。

ウィリアム・スパイヴァーは、にこにこしている。

父さんがふたりに声をかけた。「こんにちは。わたくし、ジョージ・バックマンです。どうぞよろしく」

フローラの父さんは、いつでも、だれにでも自己紹介《じこしょうかい》をする。まえに会ったことのある人にまで。なかなかなおらない、めいわくなくせだ。

ウィリアム・スパイヴァーがこたえた。「こんにちは、バックマンさん。ぼくは、ウィリアム・スパイヴァーです。お嬢《じょう》さんのフローラ・ベルと話がしたいんです」

フローラはいった。「ウィリアム・スパイヴァー、今、急いでるの」

ウィリアム・スパイヴァーはティッカムさんにいった。「トゥーティー大おばさん、ちょっとてつだってもらえる？　フローラのいるほうに、つれていってほしいんだけど」

ティッカムさんが父さんにいった。「ちょっと失礼《しつれい》しますね。この子、重い『心の病《やまい》』にかかっているんです。今、この子を車の反対がわまでつれていきますからね」

「いいですとも、どうぞ、どうぞ。わたくし、ジョージ・バックマンです。どうぞよろしく」

けれど、そのときには、父さんの目の前に、もう、だれもいなかった。

フローラはため息をついて、ユリシーズをみた。まわりの人たちは、どうみても、あてにできそうにない。スーパーヒーローのユリシーズがきっと活躍《かつやく》する……と信《しん》じることが、敵《てき》をやっつけるいちばんの作戦だという気がしてくる。

ウィリアム・スパイヴァーは、フローラの席《せき》の横までくると、いった。「あやまりたかったんだ」

「なにを？」

「ひどい詩だって、けなしたこと。最悪《さいあく》ってほどじゃなかったよ」

「あ、そう」

「それと、サングラスをはずして、っていわれたときにはずさなかったことも、あやまりたいんだ」

「じゃあ、今、はずしてよ」

するとウィリアム・スパイヴァーがこたえた。「できないんだ。なにか邪悪《じゃあく》な力のせいで、顔にくっついていて、自分でははずせないから」

「うそついてるんでしょ」と、フローラ。

「うん……いや、そうじゃない。というか、そうなんだ。ぼくは、誇張法《こちょうほう》っていうのを使ったんだ。つまり、大げさにいったってこと。ぼくがいいたかったのは、サングラスがまるで顔にはりついてるみたいだっていうことだよ」ウィリアム・スパイヴァーは急に声を落とすと、つづけた。「じつは、ぼくがサングラスをはずしたら、全世界がばらばらになってしまうんじゃないかと、おそれているんだ」

「ばかみたい。もっと心配しなきゃならない重大なことがほかにあるのに」

「たとえば？」

そうきかれて、フローラは、しまった、と思った。話すつもりなんか、ちっともなかったのに。けれど、もうとめられない。言葉がかってに口からとびだした。

「『強敵《きょうてき》』って、なんのことかわかる？」フローラは、ひそひそ声でいった。

「もちろん、わかるよ」ウィリアム・スパイヴァーも、ひそひそ声でこたえた。

「そう。あのね、ユリシーズには強敵《きょうてき》がいてね、じつは、それ、うちの母さんなの」

ウィリアム・スパイヴァーは、サングラスの上までまゆをつりあげた。その、びっくりした顔をみて、フローラはちょっとうれしくなった。こんなすごい秘密《ひみつ》を打ちあけたんだもの、おどろいてくれなくちゃね。

そのとき、ティッカムさんがいった。「そうそう、ユリシーズにきかせてあげたい詩があるのよ」

「今？　今、詩の朗読《ろうどく》をしたいっていうの？」と、ウィリアム・スパイヴァー。

けれどユリシーズは、靴《くつ》の箱のなかで背中《せなか》をぴんとのばすと、ティッカムさんをみて、うなずいている。

「あなたの詩を読んで、とても感動したわ」ティッカムさんがいうと、ユリシーズは、胸《むね》をはった。

ティッカムさんはつづけた。「それでね、きのう、あなたにおこった……ええと……『変化《へんか》』を記念《きねん》して、詩を読んであげたいの。リルケ[*1]という詩人の詩よ」そして、片手《かたて》を胸《むね》にあててポーズをとると、朗読《ろうどく》をはじめた。

＊1　ライナー・マリア・リルケ。オーストリアの詩人。一八七五～一九二六。

Vol
II
世界《せかい》
名詩
アンジェロウ
ジョイス
キーツ
シェリー
ワイルド
リルケ
ブ〜ツィ
ブ〜ツ
FUIPGWT3
サイズ：3
ウェッジソール
色：チェリー

*1「汝《なんじ》、意識《いしき》のかなたから送りだされて、
あこがれの果《は》てまで進め。
わたしに姿《すがた》を与《あた》えよ。
炎《ほのお》のように燃《も》えあがれ。
燃えたって、大きな影《かげ》を作れ。
わたしをすっかりおおいかくすほどの影《かげ》を」

ユリシーズは、目をきらきらさせて、ティッカムさんをみあげていた。

朗読《ろうどく》をきいていた父さんが、運転席《うんてんせき》からいった。「〈炎《ほのお》のように燃《も》えあがれ〉か！　たしかに、感動的《かんどうてき》だ。〈炎《ほのお》のように燃《も》えあがれ〉……うん、なんとも美しい。すばらしい詩を読んでくださって、ありがとうございます。さて、そろそろ出発しないと」

ウィリアム・スパイヴァーがいった。「でも、もどってくるんだよね？」

フローラが顔をあげると、一瞬《いっしゅん》、ウィリアム・スパイヴァーの頭の上に文字がうかんでいるのがみえた。ウィリアム・スパイヴァーがたった今いった言葉が、ほつれたような文字になって、はためいていた。まるで、ぼろぼろの小さな旗《はた》みたい。

〈でも、もどってくるんだよね？〉

フローラはこたえる。「ウィリアム・スパイヴァー、夕方まで父さんと出かけるだけだよ。南極《なんきょく》にいくわけじゃないんだから」

『あなたのまわりは、危険《きけん》だらけ！』のマンガには、「南極《なんきょく》にとりのこされたときにどうしたらいいか」という回があった。いろいろ書いてあったけど、ひと言でいえば、「アザラシの脂肪《しぼう》を食べろ」。ほんとにびっくりしちゃうくらい、人間はいろいろな危険《きけん》をのりきれるものらしい。アザラシの脂肪《しぼう》を食べて南極で生きぬくように、助かるみこみがないような危険《きけん》をユリシーズといっしょにのりきるんだ。そう考えると、とつぜん、元気が出てきた。

「強敵《きょうてき》」をやっつける方法《ほうほう》を考えだすんだ！　シャベルと麻袋《あさぶくろ》なんか、こわくないぞ！　ドロリスとウルトラ・ピカットみたいに、わたしとユリシーズがいっしょに戦《たたか》えば、きっと勝てる！

ウィリアム・スパイヴァーがいった。「よかった。フローラ・ベル、きみが南極《なんきょく》にいくんじゃなくて、よかったよ」

フローラの父さんはせきばらいをすると、ウィリアム・スパイヴァーにまた、自己紹介《じこしょうかい》した。「わたくし、ジョージ・バックマンです。どうぞよろしく」

＊1　『時禱《じとう》詩集』「第一部　修道生活の書」（リルケ）より。

「バックマンさん、お目にかかれて、うれしかったです」

ティッカムさんが「今の詩を忘《わす》れないでね」というと、父さんがこたえた。

「〈炎《ほのお》のように燃《も》えあがれ！〉」

「リスにいったんですけど」と、ティッカムさん。

「ああ、そうでした。これは失礼《しつれい》。リスですな」と、父さん。

「じゃあ、また」と、ウィリアム・スパイヴァーがいうと、フローラもこたえた。

「『強敵《きょうてき》』に気をつけて」

ウィリアム・スパイヴァーは、もういちどいった。「じゃあ、また」

父さんが車をバックで通りに出しているとき、フローラは小声でいった。「悪との戦《たたか》いに、出発」

ウィリアム・スパイヴァーは、手をふりながら、見当ちがいの方向に、「じゃあ、また」と、なんどもくりかえしていた。

あんなになんども「じゃあ、また」っていってくれてる——そう思うと、フローラは「そっちじゃないよ、わたしがいるのはこっち」とはいえなかった。

26　スパイは泣《な》かない

フローラの父さんは、いつも安全運転だ。教習所で習ったとおり、左手をハンドルの十時の位置《いち》に、右手を二時の位置《いち》におく。そして、けっして、道路から目をそらさない。スピードも出さない。

父さんは、よくいっている。「スピードを出したら、命を落とす。それに、道路から目をそらしてもだめだ。ぜったいに、けっして、道路から目をはなしてはいけない」

フローラは、父さんに話しかけた。「父さん、話があるんだけど」

「なんだい？　なんの話だ？」父さんは返事をしたけれど、道路から目をそらさない。

「あの麻袋《あさぶくろ》。それに、シャベルのことなんだけど」

「袋《ふくろ》？　シャベル？　なんのことだ？」

フローラは、父さんは優秀《ゆうしゅう》なスパイになれる、と思った。だって、質問《しつもん》にはこたえないで、うまくかわしてべつのことをいったり、逆《ぎゃく》に質問《しつもん》したりしてくるから。

たとえば、父さんと母さんが離婚《りこん》の話しあいをしていたころのこと、フローラと父さんの会話は、こんなふうだった。

フローラ「父さんと母さんは、離婚《りこん》するの？」

父さん「ぼくたちが離婚《りこん》するなんて、だれがいったんだい？」

フローラ「母さん」
父さん「母さんがそういったのかい?」
フローラ「うん、母さんがそういった」
父さん「どうしてそんなことをいったんだろう」
そして、父さんは泣《な》きだした。

スパイはたぶん泣《な》いたりしないだろう。でも、やっぱり、父さんはスパイになれると思う。

フローラはつづけた。「トランクのなかに、麻袋《あさぶくろ》とシャベルが入ってるでしょ」

「そうなのか?」

「父さんがトランクに入れるとこ、見たもん」

「ああ、たしかに、トランクのなかに、袋《ふくろ》とシャベルを入れた」

『犯罪者《はんざいしゃ》をみぬけ!』には、いつまでもしつこく質問《しつもん》しつづけるといい、と書いてあった。


〈きびしく問いつめると、相手がおどろいて、こたえるつもりがなかったことまでこたえはじめることがある。あやしいやつだと思ったら、まず質問《しつもん》。休むまも与《あた》えずに、つぎつぎに質問《しつもん》することだ〉

フローラは父さんにきいた。「どうして、トランクに入れたの？」

「穴《あな》をほろうと思ってね」

「なんの穴《あな》？」

「うめようと思っているものがあるんだ」

「なにをうめようと思ってるの？」

「麻袋《あさぶくろ》だ！」

「どうして麻袋《あさぶくろ》をうめるの？」

「お母さんにたのまれたからだ」

「どうして母さんは袋《ふくろ》をうめてって、たのんだの？」

父さんは、ハンドルを指でとんとんとたたいた。顔は、まっすぐ前をむいている。「どうして、お母さんは袋《ふくろ》をうめてとたのんだのか？　どうしてお母さんはそんなことをたのんだんだろう？　いい質問《しつもん》だ。そうだ、いい考えがある！　なにか食べないか？」

「え？」

「昼ごはんにしないか？」

「父さんったら、おねがいだから、質問《しつもん》にこたえてよ！」フローラはさけんだ。

「それとも、朝ごはんかな？　どこかで、ごはんを食べないか？」

フローラはため息をついた。

『犯罪者《はんざいしゃ》をみぬけ！』には、こう書いてあった。

〈犯罪者《はんざいしゃ》を相手にするときは、とにかく時間をかせぎ、相手の行動のじゃまをして混乱《こんらん》させること〉

父さんは、ほんものの犯罪者《はんざいしゃ》というわけじゃない。だけど、「強敵《きょうてき》」とぐるになって、悪いことをしようとしている。だったら、レストランで、時間かせぎをして作戦をねり、最後《さいご》の対決をおくらせるのもいいかもしれない。

それに、まだ朝ごはんを食べていないから、ユリシーズは、おなかをすかせているにちがいない。これからはじまる戦《たたか》いにそなえて、体力をつけさせなくちゃ。

フローラはいった。「うん、いいよ。なにか食べよう」

27　におい！　におい！　におい！

〈うん、いいよ。なにか食べよう〉

なんてすてきな言葉だろう、とユリシーズは思った。

〈なにか食べよう〉

これこそ、詩だ。

ユリシーズはしあわせだった。

フローラといっしょだから、しあわせだった。

ティッカムさんがきかせてくれた詩の言葉が、頭と心のなかを流れていたから、しあわせだった。

もうすぐ、なにか食べられるから、しあわせだった。

そして、しあわせだと感じているから、しあわせだった。

ユリシーズは、靴《くつ》の箱から出ると、前足を車のドアにかけ、あいている窓《まど》から鼻を外につきだした。

大すきな人といっしょだし、窓《まど》からつきだしたひげと鼻にあたるやわらかな風も、気持ちがいい。

ああ、それに、なんていろんなにおいがするんだ！

ごみ箱からあふれたごみ、刈《か》ったばかりの芝生《しばふ》、歩道の日のあたっているところ、栄養《えいよう》豊《ゆた》かな黒土と、ミミズのにおいがした（ミミズも、黒土のにおいがする。土のにおいとミミズのにおいをかぎわけるのはむずかしい）。

それから、いろんな犬たちのにおい（わあ、犬がたくさんいる！　小さな犬、大きな犬、おばかさんの犬——危険《きけん》でいっぱいのリスの生活のなかで、ただひとつの楽しい遊びが、犬をからかうことだ）、つんとする肥料《ひりょう》のにおい、鳥のえさのかすかなにおい、パンを焼《や》くにおい、どこかのリスがかくしている木の実（ペカンナッツとどんぐり）のにおい、いかにも「ぼくのことは気にしないで、ほっといてください」といっているような、いいわけがましいネズミのにおい、それに、いじわるなネコたちのいやなにおい（ネコはおそろしい生き物だ。ぜったいに信用《しんよう》できない）。

この世界には、においがあふれている。裏切《うらぎ》りのにおいも、喜《よろこ》びのにおいも、おいしい木の実のにおいも。

この世界のさまざまなにおいが、窓《まど》からつきだしたユリシーズの鼻にいっぺんにおしよせ、体のなかに流れこみ、いっぱいに広がった。

ユリシーズには、どんなにおいだって、わかった。空の青さのにおいだって。

においにあふれた世界を言葉で書きあらわしたい、フローラに伝えたい、と思った。

ふりかえってみあげると、フローラがいった。「油断《ゆだん》しちゃだめ。悪いやつらに気をつけて」

ユリシーズはうなずいた。

ティッカムさんがきかせてくれた詩の言葉が、頭のなかでひびいた。

〈炎《ほのお》のように燃《も》えあがれ！〉

うん、そうだ、とユリシーズは思った。そうしよう。炎《ほのお》のように燃《も》えあがって、ぜんぶ、詩に書きあらわすんだ。

28　ジャイアント・ドーナッツ・カフェ

父さんは、〈ジャイアント・ドーナッツ・カフェ〉というお店の駐車場《ちゅうしゃじょう》に車を入れると、フローラにいった。「リスは車においていくんだぞ」

「そんなこと、できない。だって、すっごく暑いもん」

「窓《まど》をあけておけばいいだろう」

「そんなことしたら、盗《ぬす》まれちゃうよ」

「リスを盗《ぬす》む人間がいるっていうのかい？　いったい、だれがリスなんか盗《ぬす》むんだ？」

父さんは、そんなばかな、というような口調でいったけれど、心のなかでは、そうなるといいな、と思っているみたいにきこえた。

「犯罪者《はんざいしゃ》よ」フローラはこたえた。

『犯罪者《はんざいしゃ》をみぬけ！』には、〈どんな人間も、極悪非道《ごくあくひどう》なことをする可能性《かのうせい》がある〉と、なんどもなんども出てくる。つまり、だれでも、ものすごく悪いことをする人間になるかもしれない、ということだ。人間の心は、ふつう考えられているよりずっと邪悪《じゃあく》だというのだ。

そして、人間の心を川にたとえて、こんなふうにいっている。

〈欲望《よくぼう》や怒《いか》りは、目にみえない流れのようなものだ。気をつけていないと、足をとられて流されてしまう。そして、流されているうちに、おそろしい犯罪者《はんざいしゃ》になってしまう〉

フローラは父さんにいった。「人間の心は、目にみえない流れのある、深くてくらい川なんだって。だから、犯罪者《はんざいしゃ》はどこにでもいるんだよ」

父さんは、ハンドルを指でとんとんとたたいた。「そんなことはない、といいたいが、残念《ざんねん》ながらフローラのいうとおりだ」

ユリシーズがくしゃみをした。

「お大事に」と、リスにも礼儀《れいぎ》正しく声をかける父さん。

フローラはもういちどいった。「ユリシーズはおいていかないからね」

アルフレッド・T《ティー》・スベラーは、どこへでも、インコのドロリスをつれていく。管理人《かんりにん》の仕事をしている、オマカセ生命保険《せいめいほけん》会社のビルにつれていくことだってある。マンガのなかでアルフレッドは、「インコのドロリスがいっしょじゃなきゃ、だめなんだ」といっていた。

フローラもいった。「リスのユリシーズがいっしょじゃなきゃ、だめなの」

それをきいて、父さんは、ウルトラ・ピカットのマンガをいっしょに読んだときのことを思い出したかもしれない。けれど、顔をみても、思い出したのかどうかはわからなかった。

父さんは、ただ、ため息をついて、こういっただけだ。「それじゃあ、つれておいで。だけど、箱のふたはしめておくんだぞ」

「わかった、そうする」

ユリシーズが靴《くつ》の箱のなかに入ると、フローラはいわれたとおり、ユリシーズの小さな頭の上にふたをおろした。

フローラは車からおりて、〈ジャイアント・ドーナッツ・カフェ〉の看板《かんばん》をみあげた。

ネオンサインの文字が光っていて、作りもののとびきり大きなドーナッツが、大きなコーヒーカップから出たり入ったりしている。

けれど、あるのは、ドーナッツとカップだけ。人はいない。いったいだれがドーナッツをコーヒーにひたしていることになるんだろう。背《せ》すじがぞくっとした。

もし、人間がみんなコーヒーにひたされるのを待ってるドーナッツだとしたら？

なんだか、ウィリアム・スパイヴァーがいいそうなことだ。声まできこえるような気がする。そして、「その答えはね……」なんて、説明《せつめい》をはじめるんだ。

ウィリアム・スパイヴァーっていうのは、そういう子だ。いつもかならず答えがかえってくる。たとえこっちがいらいらさせられるような答えだとしても。

フローラは、靴《くつ》の箱の上から小さな声でいった。「ね、ユリシーズ、きみは、スーパーヒーローなん

だよ。コーヒーにひたされるドーナッツなんかじゃない。だから、だまされないようにしてね。トランクにシャベルが入ってること、わすれないで。そして、ジョージ・バックマンから目をはなさないこと」

父さんが車からおりて、ポケットに手をつっこみ、なかのお金をじゃらじゃらいわせながら、いった。

「じゃ、いこうか」

〈時間かせぎをしろ！　敵《てき》のじゃまをして犯行《はんこう》をおくらせろ！　混乱《こんらん》させろ！〉

「うん、いこう」フローラはこたえた。

29　こちょこちょしちゃうぞう

ジャイアント・ドーナッツ・カフェのお店のなかは、目玉焼《めだまや》きとドーナッツと、お客さんたちの服のにおいがした。あちこちで、お客さんたちが笑《わら》い声《ごえ》をあげたり、ドーナッツをコーヒーにひたしたりしている。

ウェイトレスは、フローラと父さんをすみのボックス席《せき》に案内《あんない》すると、てかてかした、大きなメニューをおいていった。

危険《きけん》がせまっているときにはいつでも、できるかぎりこっそり行動するようにと『犯罪者《はんざいしゃ》をみぬけ！』に書いてあったので、フローラも、こっそり靴《くつ》の箱のふたをとった。すると、ユリシーズが箱から頭を出して、レストランのなかをみまわした。それから、メニューに目をむけて、うっとりとみつめた。

父さんがいった。「なんでもすきなものをえらぶといい。食べたいものを注文しなさい」

ユリシーズがしあわせそうに、ふーっとため息をついた。

フローラは、小さな声でユリシーズに注意した。「気をつけて」

ウェイトレスがテーブルにやってきて、鉛筆《えんぴつ》で注文用のメモをとんとんたたきながら、きいた。「ご注文は？」

名札《なふだ》には、「リタ！」と書いてある。

フローラは目を細めて、じっとみた。びっくりマークがついているせいで、リタ！　はあんまり信用《しんよう》できそうにみえない。少なくとも、ふまじめな感じだ。

リタ！　がいった。「おきまりですか？」髪《かみ》をうんと高くまとめている。まるで、むかしのフランス王妃《おうひ》マリー・アントワネットみたい、とフローラは思った。

といっても、フローラはマリー・アントワネットに会ったことなんかない。ただ、『あなたのまわりは、危険《きけん》だらけ！』の「フランス革命《かくめい》」の回にマリー・アントワネットのことも書いてあったから、少しは知っている。それで、もしマリー・アントワネットがウェイトレスになったとしたら、最悪《さいあく》のウェイトレスだったにちがいない、と思った。

そのとき、フローラは、ひざの上の箱のことを思い出して、ユリシーズの頭をそっとつつくと、小さな声でいった。「ふせて。だけど、なにがおこるかわからないから、油断《ゆだん》しないでね」

フローラが箱の上からナプキンをかけると、ユリシーズの姿《すがた》はほとんどかくれた。

リタ！　が、とつぜん、いった。「そこに入ってるの、なに？」

「え、どこ？」フローラはこたえた。

「箱のなかよ。お人形？　お人形としゃべってるの？」

「お人形としゃべってる、ですって？」フローラは、怒《いか》りでほおが赤くなるのがわかった。

まったく、もう！　わたしは十歳《さい》よ。しかも、もうすぐ十一歳《さい》になるんだから。心肺蘇生法《しんぱいそせいほう》のやりかただって知ってるし、「強敵《きょうてき》」をやっつける方法《ほうほう》も、南極《なんきょく》で生きぬくにはアザラシの脂肪《しぼう》がとっても重要《じゅうよう》だってことも、よく知ってる。それに、なんといっても、スーパーヒーローの相棒《あいぼう》なんだから。

それだけじゃない、わたしはひねくれ屋だ。自分がすることに自信を持ってるひねくれ屋。

そんなひねくれ屋が、お人形を靴《くつ》の箱に入れて、持ち歩くわけがないじゃない！

フローラはきっぱりといった。「わたし、お人形、なんか、持って、ません」

「みせてよ。はずかしがらなくていいから」そういって、リタ！　がかがみこんだ拍子《ひょうし》に、マリー・アントワネットふうに高く結《ゆ》いあげた髪《かみ》が、フローラのあごをかすめた。

「だめ」フローラがいうと、父さんが、おろおろした声で、口をはさんだ。

「わたくし、ジョージ・バックマンです。どうぞよろしく」

そのとき、リタ！　が「こちょこちょしちゃうぞう」といった。

とびきり悪い予感がする。

そして、リタ！　は、鉛筆《えんぴつ》でゆっくりゆっくりナプキンをおした。すると、ナプキンがとてもゆっくりと奥《おく》にずれていき、ユリシーズのひげが、そして、顔があらわれた。

父さんが、さっきよりずっと大きな声で、またいった。「わたくし、ジョージ・バックマンです。どうぞよろしく」

リタ！　が、「キャー―――ッ」と、信《しん》じられないくらい大きな、長い悲鳴をあげた。

それをきいたユリシーズも、「キー―――ッ」と悲鳴をあげた。

そして、靴《くつ》の箱からとびだした。

その瞬間《しゅんかん》、時間がとまったような気がした。

ユリシーズも空中にうかんでいるようにみえる。

と、急に、時間がまた、すごいいきおいで動きだした。

ああ、とうとう、そのときがきたんだ！　とフローラは思った。ユリシーズがいよいよ、ウルトラ・ピカットみたいに活躍《かつやく》する！

30　目玉焼《めだまや》き！

箱のなかにいたユリシーズは、ぎょっとした。今まで、これほどこわい思いをしたことはいちどもない。なにしろ、目の前にあらわれた女の人の顔は巨大《きょだい》で、髪《かみ》の毛《け》は山のようにそびえたっている。それに、名札《なふだ》に書かれている「リタ！」という文字だって、ユリシーズにはやたらと大きくみえた。

その女の人、リタ！　が鉛筆《えんぴつ》でナプキンをどかしたとき、ユリシーズは、おちつくんだ、と自分にいいきかせて、できるだけじっとしていた。

ところが、とつぜん、リタ！　が「キャ――――ッ」とすさまじい悲鳴をあげた。

長々とひびくリタ！　の悲鳴をきいたら、もう、おとなしくなんかしていられなかった。ユリシーズも、「キ――――ッ」とすさまじい悲鳴をあげた。

リタ！　の悲鳴にびっくりしたのだ。

そして、動物的本能《どうぶつてきほんのう》のすべてが一気にはたらきだして、ユリシーズの体は、考えるよりもはやく、逃《に》げようと動いた。

どうしてそんなことになったのかわからないけれど、箱からとびだしたユリシーズは、ぜったいにいたくない場所におりてしまった。リタ！　の山のような髪《かみ》の毛《け》のどまんなかに。

びっくりしたリタ！　は、ぴょんぴょんとびはね、両手で頭をたたいたり、ひっかいたりして、ユリシーズをはらおうとした。リタ！　がユリシーズを強くたたけばたたくほど、そして、高くとびはねればとびはねるほど、ユリシーズは髪《かみ》の毛《け》にぎゅっとしがみついた。

そんなリタ！　とユリシーズは、まるで、お店のなかを、いっしょにおどりまわっているようにみえた。


お店のなかにいた人たちが、口々にさけんだ。

「どうしたんだ？」

「ウェイトレスの髪《かみ》の毛《け》が燃《も》えてる」

「ちがう、ちがう、髪《かみ》の毛《け》になにかがくっついてる。わ、生きてるぞ！」

そのとき、リタ！　がさけんだ。「わあああああああああ！　助けてええええええええ！」

どうしてこんなことになったんだろう、とユリシーズは思った。

ほんの少しまえまで、ユリシーズは、メニューをみて、いかにもおいしそうな写真と、読んでいるだけでよだれが出そうな説明《せつめい》に、うっとりしていた。

メニューには、フローラの顔と同じくらいの大きさの「ジャイアント・ドーナッツ」が何種類ものっていた。つぶつぶのチョコレートをまぶしたもの、粉砂糖《こなざとう》をまぶしたもの、なかにジャムやクリームやチョコレートが入っていて表面に砂糖衣《さとうごろも》をかけたもの……。

ユリシーズは、「ジャイアント・ドーナッツ」を食べたことがなかった。

というか、そもそも、ドーナッツをかじったことさえなかった。

ドーナッツは、どれもみんな、おいしそうにみえた。ああ、どれをえらんだらいいんだろう。ひとつにきめられそうにないよ。

さらにやっかいなことに、メニューには、ドーナッツだけでなく、卵料理《たまごりょうり》ものっている。いり卵《たまご》やポーチドエッグや、両面を焼《や》いた目玉焼《めだまや》きや、片面《かためん》だけ焼《や》いた目玉焼《めだまや》き……。

ユリシーズは、リタ！　の髪《かみ》の毛《け》にしがみつきながら、思った。「目玉焼《めだまや》き！　ああ、なんてすてきな言葉だろう！」

厨房《ちゅうぼう》から、大きな白い帽子《ぼうし》をかぶったコックが出てきた。金属《きんぞく》でできたものをにぎっている。お店の天井《てんじょう》のあかりがあたって、きらっと光った。ナイフだ。

「助けて！」リタ！　がさけぶ。

「ぼくも助けて」と、ユリシーズも思った。

けれど、ユリシーズには、はっきりとわかった――ナイフを持った男の人は、ぼくを助けようなんて、思ってない。

そのとき、フローラの声がきこえた。リタ！　が、ユリシーズをふりおとそうとして、くるくるとすごいいきおいでまわっていたから、みんなの顔がとけあって、ひとつにみえ、さけび声もひとつにきこえたけれど、フローラの声だけは、ちゃんとききとれた。大すきな人の声だ。ユリシーズは、フローラの言葉に必死《ひっし》に耳をかたむけて、その意味を考えた。

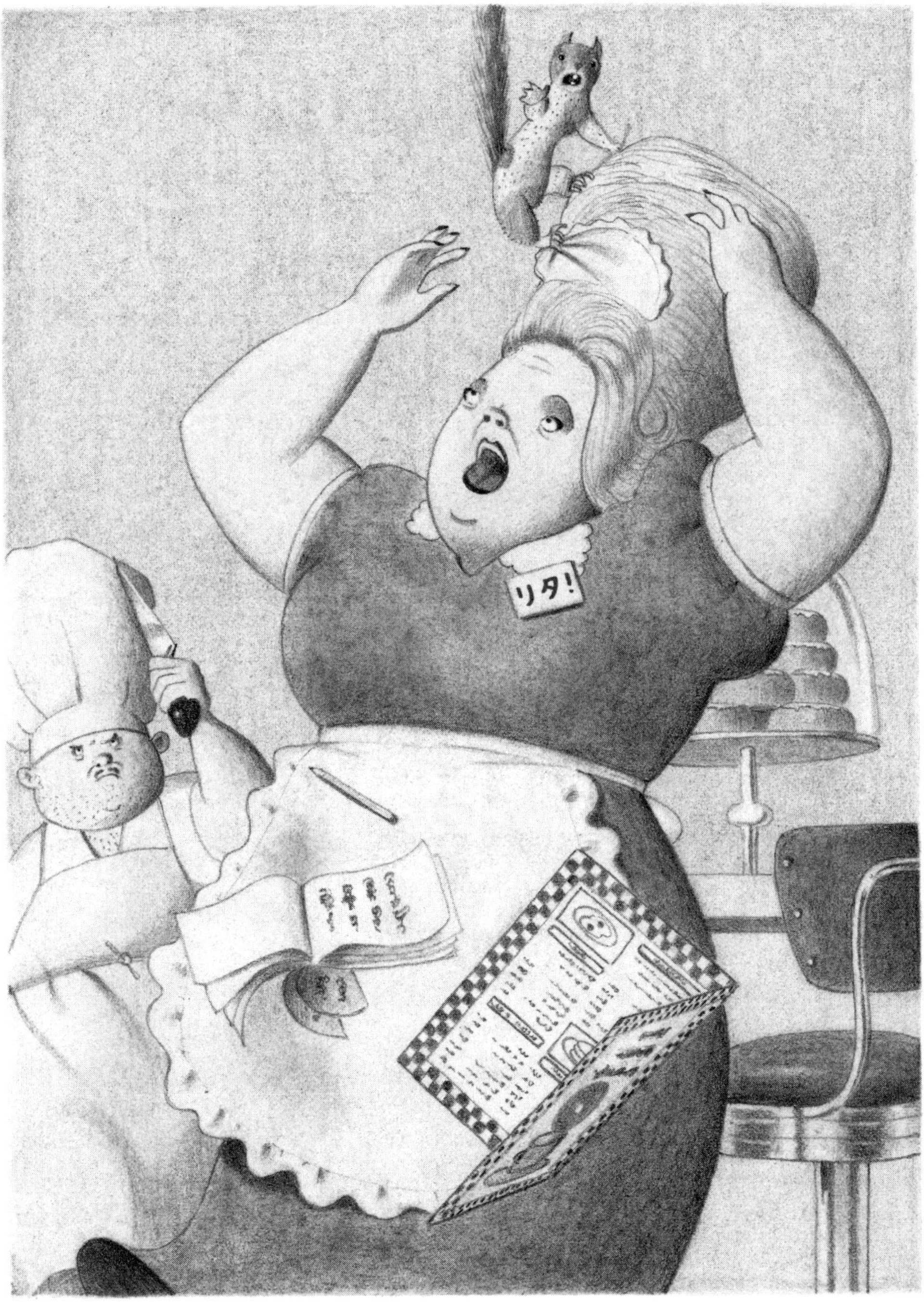
リタ!

「ユリシーズ！　ユリシーズ！　自分がだれなのか思い出して！」

自分がだれか思い出す？

ぼくはだれだ？

まるで、ユリシーズの心の声にこたえるように、フローラがいった。「きみは、ユリシーズだよ！」

そうだ、そのとおりだ。

フローラがさけんだ。「今こそ、そのときよ！」

そうだ、フローラのいうとおりだ。ぼくはユリシーズだ。今がそのときだ。

ナイフを持った男の人が近づいてくる。

ユリシーズは、リタ！　の髪《かみ》の毛《け》を放すと、ぱっと飛《と》んだ。さっきは、びっくりして思わず飛《と》びだしてしまったけれど、こんどは、飛《と》ぼうと思って飛《と》んだ。全力で飛《と》んだ。

体が、鳥のようにすうっと宙《ちゅう》にういた。

31　まさか、こんなことが！

フローラは、頭の上を飛《と》んでいくユリシーズをみつめていた。しっぽと前足をまっすぐにのばして、すべるように飛《と》んでいる。夢《ゆめ》でみたとおりだ。信《しん》じられないくらいかっこよくて、どこからみてもスーパーヒーローそのものだった。

フローラは、思わず、「なんと、なんと！」とつぶやいた。

それから、ユリシーズをもっとよくみようと、ボックス席《せき》の背《せ》もたれの上にのぼった。

ウルトラ・ピカットが、光りかがやく姿《すがた》に変身《へんしん》して闇《やみ》のなかを飛《と》ぶときは、たいていだれかを助けにいくときだ。横には、かならず、インコのドロリスが飛《と》んでいて、はげましたり、知恵《ちえ》をさずけたりしている。

フローラには、ユリシーズがなにをしようとしているのか、よくわからなかった。それに、ユリシーズもよくわかっていないようにみえた。それでも、ユリシーズは飛《と》んでいた。

そのとき、父さんが小声でいった。「わたくし、ジョージ・バックマンです。どうぞよろしく」

フローラは、父さんがいることをすっかりわすれていた。父さんは、にこにこしながらユリシーズをみあげている。いつもみたいに悲しそうにほほえむのではなく、うれしそうに笑《わら》っていた。

フローラは声をかけた。「父さん？」

そのとき、リタ！　がまた、大声で長々と悲鳴をあげると、いった。「ほら、あれ、さっき、あたしの髪《かみ》に飛《と》びかかってきたやつよ！」

だれかが、ユリシーズにドーナッツをなげつけた。

店のどこかで、赤ちゃんが泣《な》きだした。

フローラは床《ゆか》におりると、父さんの横に立って、手をにぎった。

父さんが、ドロリスの口調《くちょう》をまねていった。「まさか、こんなことが！」

父さんがこのセリフをいうの、ひさしぶりにきいたなあ。

フローラはおしえてあげた。「あのリス、ユリシーズっていう名前なんだよ」

父さんはフローラをみると、びっくりしたようにまゆをあげて、いった。「ユリシーズか」

そして、おどろいたな、というように首を横にふり、「あは」とひと声笑《わら》ったあと、こんどは「はっ、はっ、はっ」と、もう少し長く笑《わら》い声《ごえ》をあげた。

それをきいて、フローラは明るい気持ちになったけれど、小さな声で自分にいいきかせた。「期待しちゃ、だめ」

そのとき、フローラは、コックがユリシーズにむかってナイフをふりまわしているのに気がついた。

ユリシーズがむきを変《か》えるたびにいっしょにくるりとまわり、手をのばしてぴょんぴょんはねながら、ユリシーズを床に落とそうとしている。

フローラは父さんをみあげて、いった。「この悪事をとめなくては。そうだよね？」

「そのとおりだ」

父さんがさんせいしてくれたので、フローラは足をさっと出して、ナイフをふりまわしているコックをころばせた。

32　つぶつぶのチョコレート

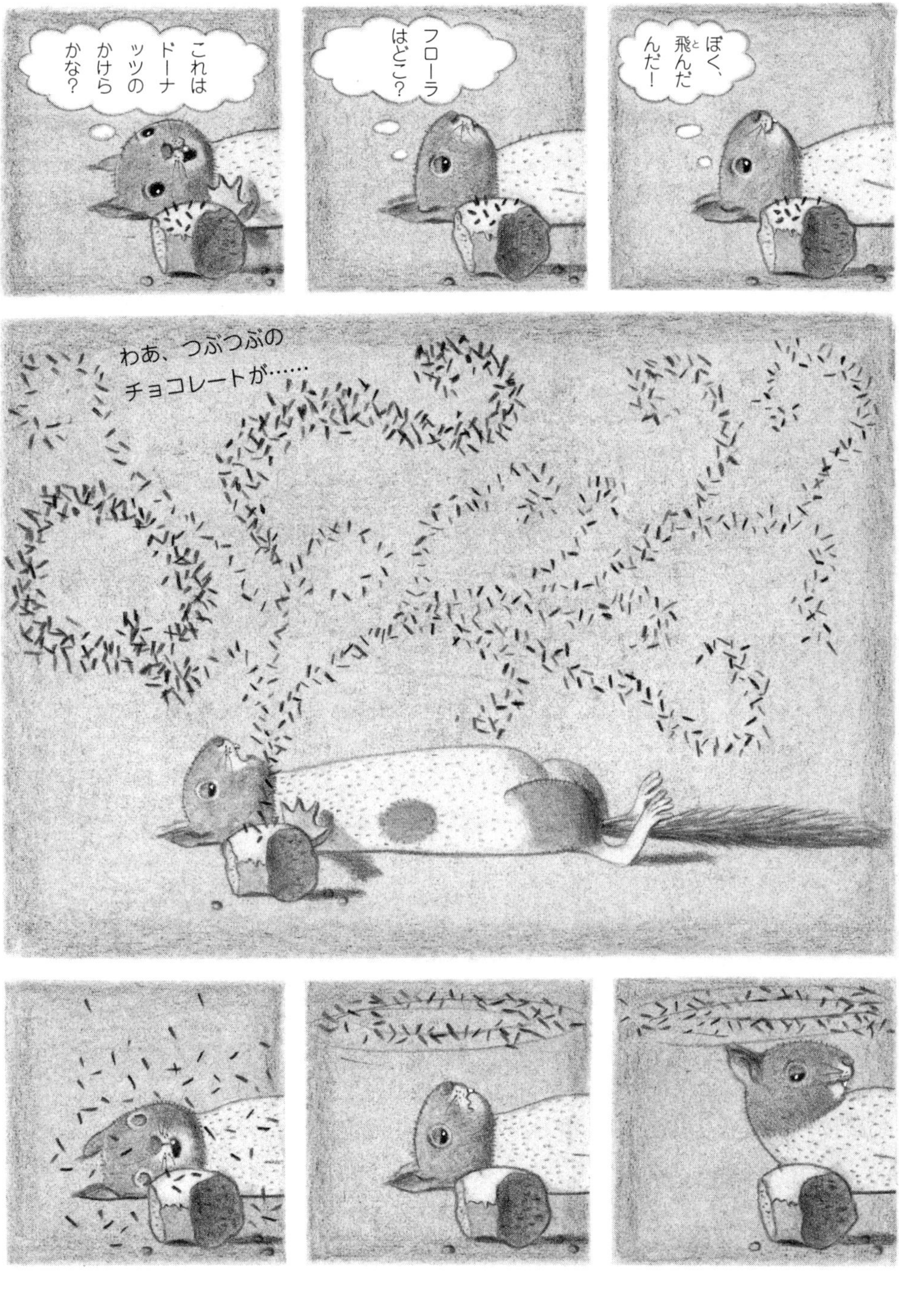
ぼく、飛《と》んだんだ!
フローラはどこ?
これはドーナッツのかけらかな?
わあ、つぶつぶのチョコレートが……

33　狂犬病《きょうけんびょう》って、かゆいの？

ユリシーズは目をとじていた。頭から血が流れている。「頭をけがすると、けががひどくてもそうでなくても、血がたくさん出る」ということを、フローラは知っていた。『あなたのまわりは、危険《きけん》だらけ！』に書いてあったからだ。

それで、父さんにいった。「頭のけがは、どんなけがでも、血がたくさん出るんだよ。だから、あわてないで」

父さんは、「わかった。これをつかうといい」というと、ネクタイをはずしてわたしてくれた。

フローラは、手当てをしようとひざまずいた。そういえば、まえにも同じようなことがあった。ティッカム家の裏庭《うらにわ》で、一ぴきのリスの上にかがみこんだのは、きのうのこと？まだ、たった一日しかたってないの？

フローラは「ユリシーズ」と呼《よ》びかけて、ネクタイで頭の血をそっとおさえた。

ユリシーズは目をあけない。

あたりが、不気味《ぶきみ》なほどしいんとした。お店のなかは異常《いじょう》なほどしずまりかえっている。ユリシーズも、父さんも、なにもかもが――ドーナッツさえも――息をとめているように思える。

フローラには、しずまりかえっているわけがわかっていた。『あなたのまわりは、危険《きけん》だらけ！』で読んだことがある。これは、嵐《あらし》のまえのしずけさだ。風がやみ、鳥がさえずるのをやめ、世界じゅうがじっと身がまえている。

そして、嵐《あらし》がくるのだ。

店内はしんとして、なにもかもが息をつめていた。

そして、つぎの瞬間《しゅんかん》、みんながいっせいにしゃべりはじめた。

「あれはネズミだと思うわ」

「でも、飛《と》んでたじゃないか」

リタ！　もいった。「あたしの頭にとびかかってきたのよ」

コックがさけんだ。「警察《けいさつ》を呼《よ》ぼう！　そうだ、そうしよう！」

リタ！　が、コックにたのんだ。「アーニー、警察《けいさつ》なんかいいから、救急車《きゅうきゅうしゃ》を呼《よ》んで。あたし、狂《きょう》犬病《けんびょう》になっちゃったから。だって、あれが頭にとびかかってきたのよ」

けれど、コックのアーニーは、ナイフを持った手でフローラのほうをさして、いった。「おい、おまえ、おれをころばせただろう」

「そうよ、その子よ。その子が足をかけたの、みたわ。それに、そもそも、あの動物をつれてきたのも、その子よ。服を着せて、お人形みたいにみせかけてね」と、リタ！

フローラは、いいかえした。「服なんて着せてないし、お人形にみせかけたりもしてないもん。それに、こんなことになったのは、みんな、あなたのせいでしょ」

『犯罪者《はんざいしゃ》をみぬけ！』のなかに、ちゃんと書いてあった。

〈ときには、相手の名誉《めいよ》を傷《きず》つけるような、あるいは、あからさまなうそをいうことも、かしこいやりかたである。悪事をはたらこうとしていた犯罪者《はんざいしゃ》が、自分を守ることに気をとられるからだ。犯罪者《はんざいしゃ》は、このずるい作戦《さくせん》にひどくおどろいて、急に動きをとめることが多い〉


で、この作戦《さくせん》をリタ！　につかったというわけだ。うん、うまくいったみたい。

リタ！　は目をぱちぱちさせ、口をあけたかと思うと、またとじた。それから、いった。「あたしのせいですって？」

フローラはユリシーズの上にかがみこむと、その胸《むね》に指をあてた。心臓《しんぞう》がゆっくり、考えこむように動いているのが、わかる。ああ、よかった、生きてくれて、ありがとう。

ほっとしたら、それまでどきどきしていたフローラの心臓《しんぞう》も、しだいにおちついてきた。ユリシーズの心臓《しんぞう》といっしょに、規則正《きそくただ》しくどっきんどっきんと動いている。

まるで、心臓《しんぞう》が、「ユリシーズ、ユリシーズ」といっているみたいだった。

コックのアーニーがまた、いった。「警察《けいさつ》を呼《よ》ぼう」

とつぜん、父さんがさけんだ。「わたくし、ジョージ・バックマンです。どうぞよろしく！　なぜ警《けい》察《さつ》を呼《よ》ばなくちゃならないんだ？」

「だって、あたしの頭にとびかかってきたのよ」と、リタ！

「頭にリスがとびかかってきたら、警察《けいさつ》に通報《つうほう》しなくちゃならないのかね？」

むちゃくちゃで、ばかみたいな質問《しつもん》だったけれど、フローラは急に、こんな質問《しつもん》をしてくれた父さんに「ありがとう」といいたい気持ちになった。そして、ユリシーズをだきあげると、左腕《ひだりうで》にそっとかかえた。

リタ！　がいった。「あたし、きっと、狂犬病《きょうけんびょう》になりかけてるわ。だって、胃《い》がむずむずしてるもの」

「狂犬病《きょうけんびょう》というのは、むずむずするものなのかい？」と、父さん。

アーニーが口をはさんだ。「とにかく、だれかを呼《よ》ぶよ。その子にころばされたんだからな」

すると父さんが、「ころばされたときには、いったいだれを呼《よ》べばいいんだろうね」といって、お店のドアをあけ、手まねきしたので、フローラは外に出た。

ドアがうしろでバタンとしまったとたん、父さんが「走れ！」とさけび、ふたりはかけだした。

とちゅうで、父さんがまた笑《わら》いはじめた。「ははは」という笑《わら》い声じゃない。「ひーっひっひっ……」と、しゃっくりがとまらなくなったような笑《わら》いかただった。

ヒステリーの発作《ほっさ》かも、とフローラは思った。

だれかがヒステリーをおこしたときにはどうしたらいいか、フローラは知っている。ひっぱたくのだ。

ただ、残念《ざんねん》なことに、今は、そんなことをしているひまがなかった。とにかく、逃《に》げなくちゃ。

父さんは、車につくまでずっと笑《わら》っていたし、車にのりこんでからも、笑《わら》いつづけた。ハンドルの十時と二時のところを両手でにぎったときも、ジャイアント・ドーナッツ・カフェの駐車場《ちゅうしゃじょう》からバックで車を出したときも、ずっと笑《わら》いどおしだった。

インコのドロリスの口調《くちょう》で「なんと、なんと！」とさけんだときだけは笑《わら》うのをやめたけど、すぐに、また笑《わら》いだした。

34　逃《に》げろ

フローラたちは、逃《に》げていた。けれど、すごくゆっくりだった。大笑《おおわら》いするようなことがあったときでも、インコの口調をまねているときでも、父さんは、やっぱり、スピードを出すのは危険《きけん》だと思っているみたいだ。

フローラはなんどもなんどもうしろをふりかえって、警察《けいさつ》や、リタ！　やアーニーがおいかけてこないか、たしかめた。

ようやくふりかえるのをやめて、ユリシーズをみおろすと、ユリシーズはあいかわらず目をつむったままだった。ふいに、おそろしい考えがうかんで、フローラは父さんにいった。

「ユリシーズが脳《のう》しんとうをおこしてたら、どうしよう」

父さんはまだ、笑《わら》いつづけている。

フローラは、『あなたのまわりは、危険《きけん》だらけ！』になんて書いてあったか、思い出そうとした。

頭を打ったときは、どうするんだっけ？　たしか、お気に入りの『マザーグース』の詩をいわせてみるといい、と書いてあったはずだ。ちゃんと話せるか、とか、舌《した》がもつれたりしないか、などを、たしかめることができるからだ。

フローラはユリシーズをみつめた。

……ユリシーズは話せない。それに、マザーグースを知っているとは思えなかった。

頭の傷《きず》はとても小さかったから、もう、血はとまっていた。呼吸《こきゅう》も、おだやかで規則正《きそくただ》しい。

フローラは声をかけた。「ユリシーズ」

そのとき、『あなたのまわりは、危険《きけん》だらけ！』に書いてあった文を完全《かんぜん》に思い出した。


〈脳《のう》しんとうの可能性《かのうせい》がある場合には、その患者《かんじゃ》をずっと目ざめさせておくこと〉


フローラはユリシーズをそっとゆすってみた。けれど、ユリシーズは、目をつむったままだ。フローラがもう少し強くゆすると、ユリシーズはいったん目をあけたけれど、またすぐにとじてしまった。

フローラの心臓《しんぞう》が、どきん、とひとつ鼓動《こどう》を打ったかと思うと、つま先まで一気に落ちた。そう、そんな感じがした。フローラは急にこわくなり、思わず声に出していった。

「スーパーヒーローも死ぬの？」

父さんは、笑《わら》うのをやめた。「いいかい、そのリスをけっして死なせやしないよ」

フローラの心臓《しんぞう》がまた、どきんといった。けれど、さっきとはちがう。こんどは、こわかったわけじゃない。希望《きぼう》がめばえたのだ。

フローラはたずねた。「それは、ユリシーズの頭をシャベルでなぐったりしないって意味？」

「そうだ、しない」

「ぜったいに？」

「ああ、ぜったいに」

「約束《やくそく》する？」

「約束《やくそく》するよ」

父さんは、バックミラーごしにフローラをみた。フローラも父さんをみて、いった。「じゃあ、父さんのアパートにいこう。あそこなら、ユリシーズは安全だから」

すると、父さんはまた笑《わら》いだし、ヒステリーをおこしたみたいに、ずっと笑《わら》いつづけた。

35　恐怖《きょうふ》のにおい

フローラの父さんが住んでいるのは、〈ブリクセン・アームズ〉という名前のアパートだ。父さんは、ここの廊下《ろうか》をぜったいに歩かない。

いつも、走る。

フローラは、脳《のう》しんとうをおこしているかもしれないリスをかかえて、父さんといっしょに走った。

走るのには、わけがあった。ブリクセン・アームズの大家《おおや》さんのクラウス氏《し》が、「クラウス氏《し》」という名前の、体が大きくて、おこりっぽい、茶トラのネコを飼《か》っているからだ。ネコのクラウス氏《し》は、廊下《ろうか》をうろついては、ドアにおしっこをかけたり、階段《かいだん》ではいたりするのだ。

そのうえ、廊下《ろうか》のうす気味悪《きみわる》いくらがりにかくれて、住民《じゅうみん》を待ちぶせすることでも有名だった。そうとは知らずに運悪く自分の部屋から廊下《ろうか》に出てきた人や、外から玄関《げんかん》ホールに入ってきた人、地下の洗濯室《せんたくしつ》におりてきた人などの足首におそいかかって、かみついたり、ひっかいたり、うなり声をあげたりする。そのくせ、奇妙《きみょう》なことに、のどをゴロゴロ鳴らしてあまえてくることもあった。

そういうわけで、フローラの父さんは、両方の足首にひどい傷《きず》あとがあった。

フローラは、走りながらいった。「ネコは、相手がこわがっているのが、においでわかるんだって！　科学的《かがくてき》に証明《しょうめい》されてるんだよ」

『あなたのまわりは、危険《きけん》だらけ！』で読んだことがあった。〈おびえているものは、「恐怖《きょうふ》のにおい」を出す。獲物《えもの》をねらっているものは、それをかぐと、ますます興奮《こうふん》しておそいかかる〉と書いてあった。

前を走っていく父さんは、まだ大笑《おおわら》いをしている。永久《えいきゅう》にとまらないんじゃないかと思うような笑《わら》いかただ。

もし、もっと時間に余裕《よゆう》があったら、フローラはたずねただろう。「いったいなにがそんなにおかしいの？」

けれど、そんなことをきくひまはなかった。

ユリシーズの命をすくわなくちゃ。

36　びっくりしたり、おこったり、喜《よろこ》んだり。

フローラは、二六七号室のドアの前で、表札《ひょうさつ》をみつめた。木でできているようにみえるけど、ほんものの木ではない。その表札《ひょうさつ》に、白い文字で「ドクターのミーシャムの家！」と彫《ほ》りこんであった。

なんで、「ドクターの」って、書いてあるんだろう。ドクターって、お医者さんだよね。ミーシャムさんは、お医者さんのものだってこと？　それに、なんで、びっくりマークなんか、ついてるんだろう？　びっくりマークのつかいかたを知らないのかなあ。

びっくりマークっていうのは、びっくりしたときとか、おこったとき、喜《よろこ》んだときにつかうもので、住所や名前につけたりしない。

けれど、ユリシーズがけがをしているときに、父さんが住んでいるアパートで、運よくお医者さんがみつかったんだから、びっくりマークがあってぴったりだという気がする。

「なにをみてるんだい？　ははは……」父さんは二七一号室のドアに鍵《かぎ》をさしこんだ。まだ笑《わら》っている。といっても、さっきよりしずかな声になっていたけれど。

フローラは、父さんにいった。「ここに、ドクターが住んでるんだね」

「ドクター・ミーシャムだよ」

「じゃあ、その人に、ユリシーズをみてもらえないか、きいてみる」

父さんは「いい考えだ」といってドアをあけると、部屋に入るまえに、廊下《ろうか》の左と右をみた。「油断《ゆだん》するな、クラウス氏《し》がいるかもしれないからな！　すぐにいくから、先にいっててておくれ！」

父さんが部屋に入ってドアをバタンとしめたとき、フローラはちょうど、ドクター・ミーシャムの部屋の前で、ドアをノックしようとしていた。

ところが、ノックするまえに、まるでひとりでにあいたみたいに、ドアがすっとひらいた。そこには、おばあさんがにこにこして、立っていた。廊下《ろうか》のうすあかりがあたって、入れ歯が白くかがやいている。

部屋のなかから、だれかの悲鳴がきこえた。ちがう、悲鳴じゃなくて、歌だ。オペラだった。

おばあさんがいった。「とうとう会えたのね、うれしいわ」

フローラはふりかえって、うしろをみた。だれにいってるんだろう？

「かわいいお花さん、あなたにいったのよ」

「わたし？」

「ええ、そう、あなたよ、お花さん――『フローラ』は、花の女神の名前ですものね。お父さんの宝《たから》物《もの》、フローラ・ベル、かわいいお花さん、さあ、入って。どうぞ」

「あの、わたし、お医者さんをさがしてるんですけど。救急《きゅうきゅう》の治療《ちりょう》が必要《ひつよう》なんです」

「ええ、ええ、そうでしょうとも。だれでもみんな、救急《きゅうきゅう》の治療《ちりょう》を必要《ひつよう》としているわ！　さあ、入ってちょうだい。ずっと待ってたのよ」

おばあさんはそういって手をのばし、フローラを二六七号室のなかにぐいっとひっぱりこんだ。

ドクターの
ミーシャムの家《いえ》！

『犯罪者《はんざいしゃ》をみぬけ！』には、知らない人の家に入るときの注意が、たくさん書いてあった。たとえば、〈入っても危険《きけん》がないかどうか、自分できちんと考えてから行動すること〉とか、〈危険《きけん》かもしれない、知らない人の家に入るときには、外に出られるドアをかならずあけたままにして、すぐに逃《に》げられるようにしておくこと〉など。

ところが、おばあさんがドアをバタンとしめてしまったから、逃《に》げ道《みち》はなくなった。

部屋のなかでは、オペラの曲がわんわんひびいている。

フローラは、自分の腕《うで》をつかんでいる手をみおろした。しみがあり、しわがよっている。

このわたしが宝物《たからもの》って、どういうこと？

37　天使とうたう

ユリシーズが目をあけると、大きなうるんだ目がひとつ、こちらをみつめていた。

夢をみてるのかなあ。ユリシーズは、まばたきをした。なぜか、頭がいたい。それにしても、こっちをみつめるあの巨大《きょだい》な目は、うっとりするほどきれいだ。小さな惑星《わくせい》か、もの悲しくてさびしい世界でもみつめているのかな。

目をそらすことができない。

巨大《きょだい》な目をみつめると、巨大《きょだい》な目もこっちをみつめかえす。

ぼく、死んじゃったのかな？　シャベルで頭をなぐられたのかな？

だれかの歌声がきこえる。こんなときには、こわいと感じてもおかしくないのに、ユリシーズは、ちっともそう思わなかった。きのうから、いろいろなことがつぎつぎにおこっていたから、いちいち心配しなくなっていた。それに、心配するどころか、知らないことばかりでめずらしくて、おもしろいと思うようになっていた。

もし死んでしまったのなら、それもはじめてのことで、めずらしくておもしろいかもしれない。

そのとき、声がきこえた。「すっかり目が悪くなってしまってねえ。ブランダーミーセンですごした少女のころは、ほかの人より先に遠くの標識《ひょうしき》に気づいたばかりか、標識《ひょうしき》の文字まで読めたほどだったのよ。といっても、目がいいことがなにかの役に立ったというわけじゃないけれど。みえないほうが安全なこともありますからね。

ブランダーミーセンでは、標識《ひょうしき》がまちがっていることがよくあったの。いっておくけれどね、うその言葉を読んでも、いいことなんかないわ。でも、まあ、それはまたべつのお話。いつか、話すことにしましょう。この虫めがねは、大いに役に立つわ。ええ、ええ。この子がよくみえる。この子は、ちゃんと生きているわ」

べつの声がいった。「生きてるってことは、わかってるんです。それは、はっきりしてるわ」

フローラだ！　フローラが、ここにいるんだ。ああ、よかった。

「ええと、そうね、そう、この子はリスだわ」

「もう！　リスだってことも、わかってます」と、フローラ。

「毛がずいぶんぬけているわ」

「あの、なんのお医者さんなんですか？」

歌声は、まだつづいている。愛《あい》と悲しみと絶望《ぜつぼう》にみちた歌声だ。巨大《きょだい》な目の持ち主が、その歌声にあわせてハミングしている。

ユリシーズは、立ちあがろうとした。

けれど、手がのびてきて、そっとおしもどされた。

また、声がきこえてきた。「わたしは哲学博士《てつがくはくし》のドクター・ミーシャムよ。わたしの『ドクター』は、医者ではなくて、博士《はくし》という意味。わたしの夫《おっと》もドクター・ミーシャムと呼《よ》ばれていたけれど、夫《おっと》は医者だったわ。でも、もう帰らぬ人なの。もちろん、『帰らぬ人』というのは婉曲表現《えんきょくひょうげん》、つまり、遠まわしにいうことですよ。ね、亡《な》くなったということ。この世を去って、どこかで天使たちと歌をうたっているということよ。あらあら、『天使とうたう』というのも、婉曲表現《えんきょくひょうげん》だわ。ねえ、どうして婉曲《えんきょく》表現《ひょうげん》をついついつかってしまうのかしらね？　いつだって話のなかに入りこんできて、つらいことを少しでも楽しくしようとするのよ。

もういちどいわせてね。わたしの夫《おっと》で、医者のほうのドクター・ミーシャムは、亡《な》くなったの。そして、わたしは、夫《おっと》がどこかで歌でもうたっていてくれたらいいなと思ってる。そうね、モーツァルトの歌がいいわ。けれど、今、夫《おっと》がどこにいて、なにをしているかなんて、だれにもわからないわ」

「どうしよう！　今、必要《ひつよう》なのはお医者さんなのに。だって、ユリシーズは、脳《のう》しんとうをおこしてるかもしれないんだから」と、フローラ。

「ほら、ほら、おちついて、おちついて。そんなにあわてないで。心配することはないわ。なにがそんなに心配なの？　脳《のう》しんとうをおこしているかもしれない、と思うわけをきかせてちょうだい」

「ドアにぶつかったの。頭から」

「なるほど。たしかに、脳《のう》しんとうをおこしているかもしれないわね。ブランダーミーセンですごした少女のころ、いろいろな人がしょっちゅう脳《のう》しんとうをおこしていたわ。それはね、トロールからの贈《おく》

「トロールからの贈《おく》り物《もの》？　どういうこと？　なんの話？　とにかく、ユリシーズをみてください。脳《のう》しんとうをおこしていると思いますか？」

ドクター・ミーシャムの巨大《きょだい》な目がぐっと近づいてきて、ユリシーズをじっくりとながめた。美しい歌声がきこえる。それにあわせて、ドクター・ミーシャムがハミングしている。

ユリシーズは、なぜか、おだやかな気持ちになった。このままずっと巨大《きょだい》な目にみつめられて、ハミングをききつづけたら、掃除機《そうじき》にすいこまれたときみたいに「気持ちよく」なって、あちらの世界にいきそうになったかもしれない。それどころか、いってしまったかもしれない。

ドクター・ミーシャムがユリシーズの目をのぞきこんできた。「まず、この子の小さな目をみて。瞳《どう》孔《こう》はひらいていないわ」

「瞳孔《どうこう》がひらいてないって、どういうことだったかな」と、フローラ。

「いいことよ。希望《きぼう》が持てるわ。つぎに、これまでのことをおぼえているかどうか、みてみましょう。記憶喪失《きおくそうしつ》になっていないか、たしかめるのよ」

そのとき、フローラの顔がみえた。ユリシーズは、フローラの姿《すがた》と丸い頭を見て、うれしくなった。

フローラがきいた。「ユリシーズ、なにがおこったか、おぼえてる？　ジャイアント・ドーナッツ・カフェにいたことは？」

ユリシーズは、考えた。ええと……。リタ！　の頭の上にのっかったことや、リタ！　が悲鳴をあげたこと、ナイフを持った男の人のこと、飛《と》んだこと、頭を思いっきりぶつけたこと、結局《けっきょく》、ジャイアント・ドーナッツを食べられなかったこと……うん、おぼえてるよ。

ユリシーズはうなずいた。

ドクター・ミーシャムがおどろいて、フローラにいった。「まあ、うなずいたわ。あなたと話ができるのね」

「ええと、ユリシーズはふつうのリスとちがって、とくべつなんです」

「まあ、すばらしい！　すてき！　あなたのいうとおりだと思うわ！」

「こうなったのには、わけがあって……」

「ええ、ドアに頭をぶつけたんでしょ」

「そうじゃなくて、それよりまえに、掃除機《そうじき》でね……ええと、だから、掃除機《そうじき》にすいこまれちゃって」

と、フローラはいった。

ドクター・ミーシャムは、ちょっとだまりこんだ。それから、またハミングをはじめた。ユリシーズは立ちあがろうとして、また、そっとおしもどされた。

ドクター・ミーシャムがたずねた。「フローラ、それは婉曲《えんきょく》表現《ひょうげん》かしら？」

「ううん、ほんとうのこと。ほんとうに掃除機《そうじき》にすいこまれて、とくべつなリスになったんです」

「もちろん、そうよね！　掃除機《そうじき》にすいこまれて、変《か》わったにちがいないわ」ドクター・ミーシャムは、虫めがねを持って、かがみこむと、ユリシーズをじっくり観察した。それから、虫めがねをおろして、いった。「どんなふうに変《か》わったのか、おしえてくれる？」

ユリシーズは四本の足をついて、立ちあがった。こんどは、だれからもおしもどされなかった。

ドクター・ミーシャムがフローラにいった。「婉曲表現《えんきょくひょうげん》なしで話してね」

「ユリシーズには、いろいろな能力《のうりょく》があるんです。力持ちだし、鳥みたいに飛《と》べるの」フローラはそこで、ちょっと言葉をきって、またつづけた。「それから、タイプライターを打つこともできる。ええと、詩を書くの」

「タイプライター！　詩！　飛行《ひこう》！」ドクター・ミーシャムは、うれしくてたまらないというように声をはずませた。

「わたしが、ユリシーズって名前をつけたんです」

「とてもりっぱな名前だわ」

「あのね、ユリシーズっていうのは、この子をすいこんで、あやうく死なせるところだった掃除機《そうじき》の名前。それをとって、この子につけたの」

ドクター・ミーシャムは、ユリシーズの目をまっすぐにみつめた。

リスの目をまっすぐにみつめる人なんて、めずらしい。

ユリシーズは体をおこして顔をあげると、ドクター・ミーシャムをまっすぐにみつめかえした。

ドクター・ミーシャムがフローラにいった。「ユリシーズが持っている能力《のうりょく》のひとつに、理解力《りかいりょく》もつけくわえなきゃ。理解《りかい》する力があるというのは、すごいことよ」

それから、また、ユリシーズをみて、たずねた。「はき気はない？」

ユリシーズが首を横にふると、ドクター・ミーシャムは手をたたいた。「よかった。脳《のう》しんとうはおこしていないと思うわ。頭をちょっとけがしただけよ。それ以外《いがい》は、なにも問題がなくて、元気いっぱい！　この子、おなかをすかせてるんじゃないかしら」

ユリシーズはうなずいた。

うん、うん！　腹《はら》ぺこ。目玉焼《めだまや》きが食べたいな！

つぶつぶのチョコレートをまぶしたドーナッツも。

38　はてしない闇《やみ》

ドクター・ミーシャムがフローラにいった。「ね、ソファにすわって、モーツァルトをきいて待っていてちょうだい。サンドイッチをつくってきますからね」

「父さんが、わたしのこと、心配してるんじゃないかな」

「バックマンさんは、あなたがここにいるって、わかっているわ。ここが安全だってこともね。だから、だいじょうぶ。なにもかも、問題ないわ。さあ、そこの馬巣織《ばすお》りのソファにすわってて」

ドクター・ミーシャムが台所にいってしまうと、フローラはふりかえって、どっしりとしたりっぱなソファをみた。馬巣織《ばすお》りって、馬のしっぽの毛をつかった織物《おりもの》だよね、と思いながら、いわれたとおりソファにすわった。けれど、つるつるしているから、ゆっくり、ゆっくりとすべりおちてしまう。

「わ」フローラは思わず声に出していうと、すわりなおして、すべりおちないようにすることだけを考えた。両手をソファについて体を支《ささ》え、足《あし》をまっすぐ前にのばしてみる。まるで、特大《とくだい》のお人形になったみたいだ。

フローラは疲《つか》れていた。とてもとても疲《つか》れていた。それに、ほんの少し、頭がこんがらかっていた。

きっとショックをうけたせいだ。

『あなたのまわりは、危険《きけん》だらけ!』に、ショックをうけたときにどんなふうになるか、書いてあったのだけど、ひとつも思い出せない。

思い出せないっていうことも、ショックのせいかな?

ユリシーズのほうをみると、まだ、食堂《しょくどう》のテーブルの上にすわっていた。ユリシーズも、なにがなんだかわかっていないようにみえる。

フローラが手をふると、ユリシーズがこたえて、うなずいた。

正面をむくと、ソファのむかいがわの壁《かべ》に絵がかかっていた。まっくろい絵だ。まっくら闇《やみ》が描《か》いてあるだけにみえる。はてしない闇《やみ》。

「はてしない闇《やみ》」という言葉は、『犯罪者《はんざいしゃ》をみぬけ!』によく出てくる。だけど、あの絵の作者は、なんで、はてしない闇《やみ》なんか描《か》いたんだろう?

フローラはソファからすべりおりると、絵のそばまでいって、じっくりながめた。

よくみると、まっくら闇《やみ》のまんなかに、小さな舟《ふね》が描《か》いてある。そうか、小舟《こぶね》が黒い海にうかんでいる絵だったんだ。

顔をもっと近づけてみた。影《かげ》のようなものが舟《ふね》に巻《ま》きついている。あの影《かげ》はなんだろう。腕《うで》みたいなものがたくさんついてる。

まさか! まっくらな海にうかぶ小さな舟《ふね》は、巨大《きょだい》なイカに食べられそうになっているのだ。

おそろしさに、フローラの心臓《しんぞう》が、小さくひとつ、どきんといった。

「なんと、なんと……！」フローラはつぶやいた。

台所から、フォークやスプーンやお皿のぶつかる音がきこえてくる。オペラの音楽が終わった。

「ユリシーズ？」フローラが名前を呼《よ》びながらふりかえると、ユリシーズは床《ゆか》にすわって、自分のしっぽのにおいをくんくんかいでいた。

「おいで」

そばにきたユリシーズをだきあげて、肩《かた》にのせる。

「みて」

ユリシーズは絵をみつめた。

「この舟《ふね》、巨大《きょだい》なイカに食べられそうになってる」

ユリシーズがうなずいた。

「ひどいよね。舟《ふね》には、人が何人ものってるんだよ。ほら、みえるでしょ。アリみたいにちっちゃいけど、人間だよ」

ユリシーズは目を細めて絵をみると、また、うなずいた。

「あの人たち、みんな、死んじゃうんだよ。ひとり残《のこ》らずね。スーパーヒーローだったら、怒《いか》りがわいてきて、だまってみてられないと思うはずだよ。ウルトラ・ピカットなら、助けたいって思うよ！」

そのとき、ドクター・ミーシャムがうしろにきて、いった。「あら、わたしのかわいそうな、さびしい巨大《きょだい》イカを見ていたのね」

「さびしい？」

「巨大《きょだい》イカは、神様がつくった生き物のなかでいちばんさびしい生き物よ。一生、ほかの巨大《きょだい》イカに出会わずに死んでしまうこともあるの」

どういうわけか、ドクター・ミーシャムの言葉をきいて、サングラスをかけた淡《あわ》い色の髪《かみ》のウィリアム・スパイヴァーの顔がうかんだ。胸《むね》がきゅっとしめつけられる気がする。

ウィリアム・スパイヴァーったら、あっちにいってよ、とフローラは思った。

「ミーシャムさん、イカは悪者だからやっつけなきゃ。だって、のってる人ごと、舟《ふね》を食べようとしてるんだもの」

ドクター・ミーシャムがいった。「そうね、わたしたちは、さびしいととんでもないことをしてしまうわ。だから、その絵をそこにかけてあるのよ。そのことをわすれないようにするためにね。それに、その絵は、わたしの夫《おっと》のドクター・ミーシャムが若《わか》くて元気だったころに描《か》いたものだから」

なんてこと！　お医者さんだったドクター・ミーシャムは、年をとって、元気がなくなってからはどんな絵を描《か》いたんだろう？

ドクター・ミーシャムがいった。「さあ、ソファにすわってちょうだい。ジャムサンドを持ってきま

ホビットの冒険《ぼうけん》
J.R.R.トールキン
オルフォイスへの
ソネット
R.M.リルケ

すからね」

フローラはユリシーズを肩にのせたまま、ソファにすわると、手をのばしてユリシーズにふれた。温かい。小さなエンジンが熱を発しているみたいだ。

フローラは声に出してみた。「巨大《きょだい》イカは、すべての生き物のなかでいちばんさびしい生き物」

頭のなかが、混乱《こんらん》している。おちつかなきゃ、頭のなかを整理しないと。

「アザラシの脂肪《しぼう》」

この言葉を口にすると、気持ちがおちつくような気がする。

それから、小声でつけくわえた。「期待するな。観察《かんさつ》せよ」

そのあいだ、フローラはずっとユリシーズにふれていた。

39　こぼれおちた涙《なみだ》

ドクター・ミーシャムは、小さいサンドイッチののったピンク色のお皿を持って、台所から出てくると、フローラのとなりにすわって、いった。「馬巣織《ばすお》りのソファを楽しんでいるみたいね」

「たぶん」フローラはこたえたけれど、ほんとうのところ、ソファを楽しむって、どういうことだろう、と思った。

「さあ、ジャムサンドをめしあがれ」ドクター・ミーシャムはフローラのほうにお皿をさしだした。

すると、ユリシーズがフローラの肩《かた》からひざの上にとびおりて、お皿のにおいをくんくんかいだ。

ドクター・ミーシャムがそれをみて、いった。「この小さな患者《かんじゃ》さんは、おなかをすかせているみたいね」

「朝ごはんを食べてないから」フローラは、サンドイッチをふたきれとって、ユリシーズにひとつわたした。

ドクター・ミーシャムがいった。「このソファはね、わたしのおばあちゃんのものだったの。おばあちゃんは、このソファの上でうまれたのよ。ブランダーミーセンでね。うまれてから亡《な》くなるまでずっと、その土地ですごしたの。今は、ブランダーミーセンのくらい森にあるお墓《はか》でねむっているわ。でも、それは、またべつのお話」

ドクター・ミーシャムは話をつづけた。「わたしがいいたかったのはね、わたしがブランダーミーセンですごした少女のころ、このソファにすわって、くらくなるまで、おばあちゃんとりとめのないおしゃべりをしたということ。あのころ、ブランダーミーセンの女の子たちはみな、そうしたのよ。夕方、あたりがしだいにくらくなっていくころにね。それに、編《あ》み物《もの》もしなくてはならないのよ。ブランダーミーセンでは、いつも、小さなトロールが身につけるものを編《あ》んでいた」

フローラはきいた。「小さなトロールって、どんな生き物？　それに、ブランダーミーセンって、どこにあるんですか？」

「今は、トロールのことは、わすれて。あの当時のくらしはとても気がめいるものだったということと、みんな、いつも、編《あ》み物《もの》をしていた、といいたかっただけだから」

「なんか、ひどい……」

「まさに、そのとおり。ひどいくらしだったわ」そういうと、ドクター・ミーシャムはにっこりした。入れ歯がかがやいている。前歯に、イチゴジャムがついていた。

フローラは手をのばして、もうひときれ、サンドイッチをとった。『あなたのまわりは、危険《きけん》だらけ！』には、ブランダーミーセン出身のおばあさんの家でジャムサンドを食べたら危険《きけん》だと書いてあったかなあ？

ドクター・ミーシャムがいった。「あなたのお父さんは、さびしい人ね。それに、とても悲しんでいる。あなたをおいて家を出たせいで、胸《むね》がはりさける思いをしているわ」

「ほんと？」

「ええ、ええ、ほんとうですとも。あなたのお父さんは、なんどもここにきて、この馬巣織《ばすお》りのソファにすわっているのよ。そして、悲しくてたまらないといって、泣《な》くの。このソファはね、大勢《おおぜい》の涙《なみだ》をみてきたわ。これは、涙《なみだ》を流すのにうってつけのソファなのよ。だって、ほら、つるつるしているから、涙《なみだ》がころがりおちていくでしょ」

父さんは、夕ぐれどきのくらがりのなかで、このソファにすわって、なんども泣《な》いたの？

フローラはとつぜん、泣《な》きそうになってしまった。わたしったら、どうしちゃったんだろう？

「アザラシの脂肪《しぼう》」と、心のなかでいったら、気持ちがおちついた。

フローラは、ユリシーズにもうひときれ、サンドイッチをわたした。

「あなたのお父さんは、とても包容力《ほうようりょく》のある人よ。どういう意味かわかる？」

フローラは、首を横にふった。

「心が広いということ。喜《よろこ》びも悲しみもたくさん入るくらい広いの」

「ふうん」

どういうわけか、ウィリアム・スパイヴァーが「宇宙《うちゅう》はでたらめだらけなんだ」といっている声がきこえた。それだけじゃない。ほかの声も……。

「心が広い」と、ドクター・ミーシャムの声。

「宇宙《うちゅう》はでたらめ」と、ウィリアム・スパイヴァーの声。

心。宇宙《うちゅう》。広い。でたらめ。

頭がくらくらしてくる。

それで、わけもなく、やたらと大きな声で、いってみた。「わたしは、ひねくれ屋なの！」

「ひねくれ屋ですって？　ばかばかしい。ひねくれ屋というのは、信《しん》じることをおそれる人たちのことよ」ドクター・ミーシャムはそういうと、まるで、ハエをおいはらうように、顔の前で手をふった。

「ええと、ミーシャムさんは、いろんなことを信《しん》じてるんですか？」

「ええ、ええ、信《しん》じていますとも」ドクター・ミーシャムは、まぶしい入れ歯をみせて、またにっこりした。「『パスカルの賭《か》け』のことは、きいたことがある？」

「ううん」

「哲学者のパスカルは、こういったの。神がいるかどうかは証明《しょうめい》できないのだから、いると信《しん》じたほうがいい、って。なぜなら、信《しん》じることによって、失《うしな》うものはひとつもなくて、得《え》られるものばかりだから、って。わたしも、そう思うのよ。信《しん》じることをえらんで、失《うしな》うものなんてなにもないわ！　たとえば、このリス。ユリシーズよ。ユリシーズがタイプライターで詩を書けると信《しん》じるか？　もちろん、信《しん》じるわ。そういうことが実際《じっさい》におこると信《しん》じるなら、この世界はもっともっとすばらしいところになるわ」

フローラとドクター・ミーシャムは、ユリシーズをみた。ユリシーズは、半分かじったサンドイッチを前足で持っていた。ひげにイチゴジャムがついている。

フローラはきいた。「スーパーヒーローって、知ってますか？」

「もちろん、知っていますとも」

「ユリシーズは、スーパーヒーローなの。まだ、ヒーローらしいことはしてないけどね。今までにしたことといったら、空中を飛《と》びまわったことと、掃除機《そうじき》を頭の上に持ちあげたこと。それから、詩も書いた。でも、まだ人を助けたことはないんです。困《こま》ってる人をすくうのがスーパーヒーローなのに」

「あら、まだ先のことはわからないわ。なにかとくべつなことをするかもしれないし、だれかを助けるかもしれないでしょ。世の中には、まだおこっていないだけで、これからおこる奇跡《きせき》がたくさんあるのよ」

ユリシーズのひげについていたジャムの小さなかたまりがゆれて、スローモーションのようにゆっくりと馬巣織《ばすお》りのソファの上に落ちるのがみえた。

ドクター・ミーシャムがつづけた。「『ぜったいにおこらない』といいきれることなんか、ひとつもないのよ。なにがおこるかなんて、わからないわ。わたしがブランダーミーセンですごした少女のころ、毎日、奇跡《きせき》がおこったわ。あら、毎日じゃなかったかしら。一日おきだったかもしれない。二日おきだったかも。三日たっても、なにもおこらなかったこともあったわね。それでも、わたしたちは、奇跡《きせき》を待っていた。わかってもらえるかしら？　奇跡《きせき》がおきなかった日も、わたしたちは待っていたのよ。いつか奇跡《きせき》がおとずれるものだと知っていたから」

そのとき、ドアをノックする音がした。

「ほら、きた。きっと、あなたのお父さんよ」

フローラが立ちあがって、ドアをあけると、父さんが、にこにこして立っていた。また笑《わら》ってる。まだ笑《わら》ってる。奇跡《きせき》がおこったような気がした。

「父さん、きてくれたんだね」

「ね？　お父さんが笑《わら》っているわ」と、ドクター・ミーシャム。

父さんはますますにこにこして、帽子《ぼうし》をぬぐと、おじぎをした。「わたくし、ジョージ・バックマンです。どうぞよろしく」

フローラも思わずにこにこしてしまった。父さんのように。

そのとき、世界の終わりかと思うような「ギャーッ」という鳴き声が、アパートの廊下《ろうか》にひびきわたった。つぎの瞬間《しゅんかん》、どこからともなくクラウス氏《し》（ネコのほう）があらわれると、帽子《ぼうし》を手にしたままにこにこしていた父さんの頭の上に、いきなりとびのった。

40　やっつけた!

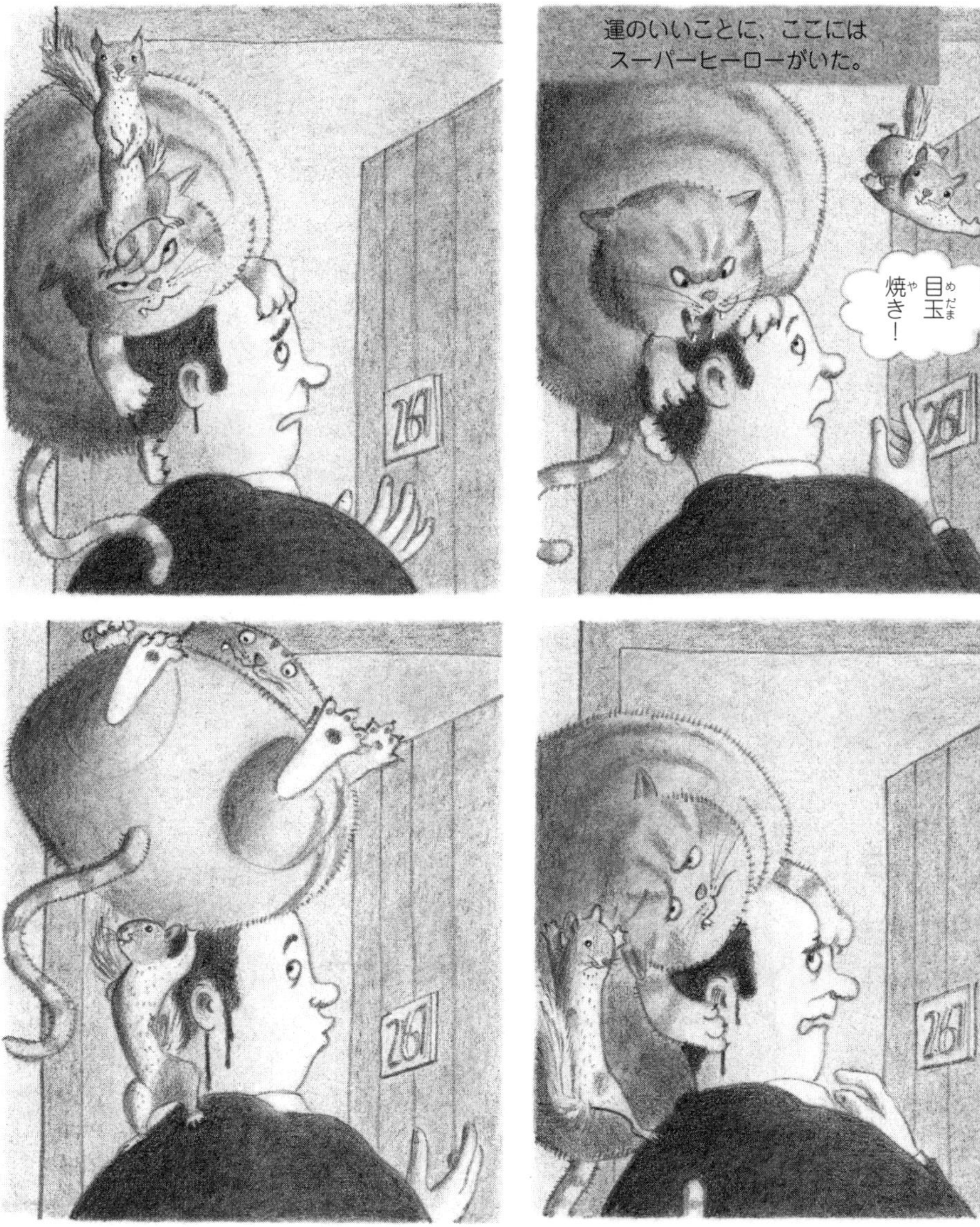

まさか！
なんとなんと！
スーパーヒーローは、
大いに満足《まんぞく》した。
とても力が強くなった気がした。
そして、詩を書きたいと思った。
やっつけたぞ！

41　約束《やくそく》

フローラは、父さんが運転する車の助手席にすわっていた。父さんに「帰りたくない」といったけれど、説得《せっとく》されて、結局《けっきょく》、母さんの家にもどることになったのだ。父さんは、いつものように、ハンドルの十時と二時のところをにぎっている。ユリシーズは、フローラのひざの上にすわって、窓《まど》から頭を出していた。

父さんはいった。「うちにもどらないと。土曜日の午後のいつもの時間にね。いつもと同じように、なにも心配していないって顔で、自然《しぜん》にふるまわなくちゃ。お母さんにあやしまれないようにしないとな」

フローラは、そんなのいやだ、といいたかった。

ところがそのとき、言葉がみえたような気がした。天井にうかびあがったのか、フローラと父さんとユリシーズの頭の上にうかんだのかよくわからないけど、とにかくこんな言葉だ。

〈運命のときがきた！
強敵《きょうてき》に立ちむかうときだ！〉

右耳に大きなガーゼがあててあるせいで、父さんの頭がいびつにみえる。

父さんは「なんと、なんと！　まさか、あんなことが！　リスがネコをやっつけるなんんて」とつぶやくと、首を横にふりながら、にっこりした。

フローラはいった。「これから、また、べつの戦《たたか》いがはじまる」

「なにもかも、うまくいくよ」父さんがこたえた。

「そうだといいけど……」

雨がふりはじめた。

ユリシーズが、頭を車のなかにひっこめて、フローラをみあげた。ひげのある小さな顔をみていると、フローラはなぜか、気持ちがおちついた。

フローラがにっこりほほえむと、ユリシーズはうれしそうにため息をついて、ひざの上で丸くなった。

アパートの二六七号室から出るとき、ドクター・ミーシャムは、いっていた。「わたしがブランダーミーセンですごした少女のころ、わたしたちは、だれかとわかれるときに、この人とまた会えるかしら、と思ったものよ。いつなにがおこるかわからない日々だったから、さよならのあいさつをするときも、不安だったわ。また会えるのかどうか、だれにもわからないもの。なにしろ、ブランダーミーセンには、くらい秘密《ひみつ》があったから。名前のないお墓《はか》もあったし、あちこちにおそろしい呪《のろ》いがかけられていた。それに、いたるところに、トロールがいたわ！　だから、わたしたちは、せいいっぱい心をこめてさよならのあいさつをしていたのよ。こんなふうにね。『どんなときにも、かならずあなたに会いにもどってきます』と」

ドクター・ミーシャムはつづけた。「フローラ・ベル、今、わたしもその言葉であなたにさよならをいうことにするわ。どんなときにも、かならずあなたに会いにもどってきますよ。さあ、だから、あなたもわたしに同じことをいってちょうだい」

そこで、フローラもくりかえした。「どんなときにも、かならずあなたに会いにもどってきます」

車にのってから、こんどは、その言葉を小さな声でユリシーズにいってみた。「どんなときにも、かならずきみに会いにもどってくるよ」

フローラは、ユリシーズの胸《むね》に指を一本あてた。小さな心臓《しんぞう》がどきどきしている。「かならず、かならず、かならず」といっているみたいな気がした。

心臓《しんぞう》って、ふしぎだ。こんなにふしぎなものは、ほかにない。

「父さん」フローラは呼《よ》びかけた。

「なんだい」

「父さんの胸《むね》に手をあててもいい？　心臓《しんぞう》のどきどきを感じたいの」

「父さんの心臓《しんぞう》かい？　もちろん、いいよ」

父さんは、はじめて運転中にハンドルから両手を放すと、両腕《りょううで》を広げた。フローラはユリシーズをひざから座席《ざせき》にそっとおろし、父さんの左胸《ひだりむね》に手をのばした。

心臓《しんぞう》が動いているのがわかった。父さんの体のなかで、心臓《しんぞう》がどきどきいってる。しっかりと力強い

動きだ。フローラは思った。父さんは、胸《むね》のなかに、大きな心臓《しんぞう》があるから、それで心が広いんだ。これが、ドクター・ミーシャムのいった、『包容力《ほうようりょく》』なんだね。

「ありがと、父さん」

「どういたしまして」

父さんはそういうと、ハンドルの十時と二時の位置《いち》に手をもどした。そのあと、母さんの家につくまで、車のなかはしいんとしていた。おだやかでふしぎなしずけさだった。

ただ、車のワイパーの音だけがしていた。ブン、ブンと音をたてながら、左右に動いている。心地よいけれど、調子っぱずれの歌みたいだった。

ユリシーズはねむっていた。

そして、フローラは、とてもしあわせな気持ちだった。

42　不吉《ふきつ》な予感

父さんが車を敷地《しきち》に入れて、エンジンをきると、動いていたワイパーが、キーッとびっくりしたような音をたてて、下までさがりきらずにとまった。

雨は弱くなって、ぽつぽつとしかふっていない。太陽が雲のうしろから顔をみせたけれど、すぐにまたかくれてしまった。座席《ざせき》にしみついているケチャップとキャンディーのまざったにおいが、ふわっとただよった。

「さあ、ついたぞ」父さんがいった。

「うん。ついたね」

ベルグレード通り四一二番地。

フローラは、うまれてからずっとこの家でくらしてきた。けれど、今、目の前にある家は、いつもとどこかがちがうような気がする。なにかが変《か》わっていた。

なんだろう？

ユリシーズが肩《かた》にのぼってきたので、フローラはユリシーズにそっとふれた。

なぜか、家がかくしごとをしているようにみえる。よくないことをたくらんでいる、といってもいいような感じだ。

「不吉《ふきつ》な予感」

この言葉が、フローラの頭に、ふと、うかんだ。
家をみていると、つぎつぎに不吉《ふきつ》な予感がわきあがってくる。
『犯罪者《はんざいしゃ》をみぬけ！』に、こんな見出しのついた回があった。

〈生命のないもの（たとえば、ソファや、椅子《いす》、へらなど）は、犯罪者《はんざいしゃ》や悪事をはたらく者たちのエネルギーを吸収《きゅうしゅう》するか？〉

そして、くわしい説明があった。

〈もちろん、そんなことがあると考えるのは、まったく科学的《かがくてき》でない。が、そのいっぽうでわれわれは、この悲惨《ひさん》な世界には、明らかにやっかいなエネルギーを持ったものが存在《そんざい》する、とみとめないわけにはいかない……たとえば、呪《のろ》いがかかっているようにみえるへら、過去《かこ》のよごれ（目にみえるしみの場合と、不名誉なできごとの場合がある）のあるソファ、まわりにあふれる罪《つみ》や悪をもとめてたえまなくミシミシいっている家などだ。どうしてそういうことがおこるのか、説明《せつめい》することなどできない。理解《りかい》するのだってむりだ。だが、この世界に犯罪者《はんざいしゃ》がいるということはたしかだ。こうした犯罪者《はんざいしゃ》が『これからもずっと、われわれのなかに』まぎれこむということは、（残念《ざんねん》ながら

ら〉さけられそうにない〉

それに、「強敵《きょうてき》」もいる。強敵《きょうてき》も、この先ずっとわたしたちのなかにまぎれこんでいるだろう。そして、ユリシーズの強敵《きょうてき》は、今、この家のなかにいる。

フローラは父さんにたずねた。「〈ダークハンド〉をおぼえてる？」

「ああ、やつは、怒《いか》りや欲望《よくぼう》や復讐《ふくしゅう》のために一万本の手をふりまわす。ウルトラ・ピカットにとって、断《だん》じてゆるせない敵《てき》だ」

「うん、ウルトラ・ピカットの強敵《きょうてき》」と、フローラ。

「そのとおりだ。だが、ダークハンドもうちのリスにはかなわない。こてんぱんにやっつけられるさ」

そういうと、父さんはクラクションを鳴らして、さけんだ。「戦士《せんし》のお帰りだ！　ネコをやっつけたスーパーヒーローのリスが帰ったぞ！」

ユリシーズは胸《むね》をはった。

フローラが、「さ、いこう。強敵《きょうてき》との対決だよ」というと、父さんもかけ声をかけた。

「そうだ！　勇敢《ゆうかん》に前進！」

そして、クラクションをもう一回鳴らした。

43　おさとうみたいにあまったるい

フローラたちは家のなかに入った。いつもどおり、階段《かいだん》の下に、羊飼《ひつじか》いの少女が立っている。足もとには子羊がいて、頭の上には小さな電球があり、「わたしは、あなたが知らないことを知っているのよ」といわんばかりの顔つきをしている。

フローラの父さんは帽子《ぼうし》をとると、羊飼《ひつじか》いの少女の電気スタンドにおじぎをして、いった。

「わたくし、ジョージ・バックマンです。どうぞよろしく」

フローラは、しーんとした家の奥《おく》にむかって、大きな声で呼《よ》びかけた。「ただいま」

そのとき、台所から笑《わら》い声《ごえ》がきこえてきた。

フローラはいった。「母さん？」

けれど、返事がない。フローラの悪い予感が、大きくふくらんだ。

母さんの声がきこえた。

「まったくそのとおりだわ、ウィリアム」

ウィリアム？　ウィリアムだって？

フローラが知っているウィリアムは、ひとりしかいない。

ウィリアム・スパイヴァーったら、強敵《きょうてき》だとわかってる相手と、うちの台所でなにをしてるんだろう？

すると、こんどは、タイプライターのききなれた音がきこえてきた。キーを打つカタカタいう音と、改行《かいぎょう》レバーをいきおいよく動かすバシッという音だ。

フローラの肩《かた》につかまっているユリシーズが足に力をこめ、興奮《こうふん》したようすでキュルキュルと小さな声をもらした。

また母さんの笑《わら》い声《ごえ》がしたかと思うと、つづいて、ぞっとするような言葉がきこえてきた。「ウィリアム、ほんとうにありがとう」

フローラは父さんに「しーっ、だまってて」といった。父さんは、両手で帽子《ぼうし》を持ったまま、ばかみたいににこにこして、母さんの声をきいている。耳にあてたガーゼには、小さな丸い血のしみがあって、おかしなことだけど、なんだか飾《かざ》りをつけて楽しんでいるみたいにみえた。

「父さんは、ここにいて。ユリシーズとわたしでようすをみてくるから」

「わかった、わかった。そうする、ここにいるよ」父さんはそういうと、帽子《ぼうし》をかぶって、うなずいた。

肩《かた》の上にスーパーヒーロー、ユリシーズをのせたフローラは、そっと居間《いま》をとおりぬけると、台所のドアの前に立った。それから、音をたてないようにじっとして、マンガに書いてあったとおり「巨大《きょだい》な耳」になった。体全体で、音をきこうというのだ。

今では、すっかり上手《じょうず》になっていた。

ユリシーズもいっしょに、体をかたくして耳をそばだてているのがわかる。

母さんの声がした。「ええ、こんなふうにつづくの。『フレデリコ、あなたのことを何十億年ものあい

「ううん、そうじゃなくて、『あなたのことを、永遠《えいえん》とも思えるくらいずっと夢《ゆめ》にみていたわ』です」

するど、ウィリアム・スパイヴァーがこたえた。高くて細い、ものすごく耳ざわりな声だ。「ううん、そうじゃなくて、『あなたのことを、永遠《えいえん》とも思えるくらいずっと夢《ゆめ》にみていたわ』です」

「まあ……！　『永遠《えいえん》とも思えるくらい』ですって？　いいわね。このほうが詩的《してき》ね」

ユリシーズは、フローラの肩《かた》の上で少し姿勢《しせい》を変《か》えると、うなずいた。

また、ウィリアム・スパイヴァーの声がした。「ええ、そうなんです。そのほうが詩的《してき》です。『何十億年』だと、地質学的《ちしつがくてき》な感じがします。地質学《ちしつがく》には、少しもロマンチックなところがありませんから。ほんとうですよ」

「ええ、ええ、わかったわ。ウィリアム、それからつぎは？」

「ほんとうのところ、もしよければ、ウィリアム・スパイヴァーと呼《よ》んでいただきたいんですが」

「ええ、そうよね。うっかりしていて、ごめんなさい。ウィリアム・スパイヴァー、それで、つぎはどうしたらいい？」

「そうですね。ここで、フレデリコは、こうこたえるんじゃないかな。『ぼくもきみのことを夢《ゆめ》にみていたよ、アンジリーク。ああ、いとしい人！　じつをいうと、あまりに生き生きとして美しい夢《ゆめ》だったから、目ざめて現実《げんじつ》の世界にもどるのがいやでたまらなかった』」

「まあ……！　いいわね。ちょっと待ってね」

タイプライターがまた、カタカタ鳴り、改行《かいぎょう》が必要《ひつよう》だと知らせるチーンという音がした。

フローラは、ひそひそ声でユリシーズにきいた。「どう思う？　いい文章かな？」

ユリシーズが首を横にふったので、ひげがフローラのほおをかすめた。

「わたしもそう思う」

ほんとうは、ひどい文だと思っていた。うんざりするほどあまったるくて、ばかげてる。こういうのをなんていうんだっけ？

おさとう。そうだ、おさとうみたいにあまったるい文。

ぴったりの言葉をさがしあてて、フローラはふいに、それを声に出したくなった。それで、台所のドアをあけて、なかに入ると、さけんだ。

「おさとうみたいにあまったるい文だね！」

「フローラなの？」タイプライターを打っていた母さんが、いった。

「おさとう？」ウィリアム・スパイヴァーがききかえした。

「そう！」フローラは、きっぱりといった。

ふたつのとても重要《じゅうよう》な質問《しつもん》に、たったひと言でいっぺんにこたえることができて、うれしかった。

ひとつは、母さんへの答え。そう、わたしはフローラ。

ふたつめは、ウィリアム・スパイヴァーへの答え。そう、おさとう。

44　裏切《うらぎ》り者《もの》の心

ウィリアム・スパイヴァーは、サングラスをかけ、棒《ぼう》つきキャンディーをなめながら、にこにこしていた。

まるで、悪党《あくとう》って感じだ。

フローラは、頭ではそう考えた。

けれど、心は、今にも舞《ま》いあがりそうだった。ウィリアム・スパイヴァーに会えて、うれしかったのだ。フローラの心は、裏切《うらぎ》り者《もの》だ。

フローラには、ウィリアム・スパイヴァーに話したいことが山ほどあった。「パスカルの賭《か》け」のこと、ドクター・ミーシャムのこと、もうひとりのドクター・ミーシャムのこと、巨大《きょだい》イカのこと、ジャイアント・ドーナッツやドーナッツをコーヒーにひたして食べてた人たちのこと。

それに、ブランダーミーセンという場所についてきいたことがあるか、それから、馬巣織《ばすお》りのソファにすわったことがあるか、きいてみたかった。

けれど、ウィリアム・スパイヴァーは、ユリシーズの「強敵《きょうてき》」の横にすわって、にこにこしている。

どうみたって、信用《しんよう》できない。

ウィリアム・スパイヴァーがきいた。「フローラ・ベルなの?」

「そうだよ。ウィリアム・スパイヴァー、においでわたしのことがわからなかったなんて、びっくり。だって、なんでもにおいでわかるんでしょ」

「なんでもにおいでわかるなんて、いちどもいってないよ。だけど、今は、リスのにおいがしてる。うん、それはたしかにしてる。べつのにおいもするな。なにかあまいにおい、雨の木曜日に学校の食堂《しょくどう》にただようあまいにおいみたいな感じ。なんだろう？　そうだ、イチゴジャムだ。リスとイチゴジャムのにおいがする」

「リスですって？」母さんはそういうと、タイプライターから目をはなしてふりかえり、フローラをみた。「リスだわ！　いったい、そのリスをつれてここでなにをしてるの？　お父さんにいったはずなのに――」

「この悪事をとめなくては！」フローラはさけんだ。

母さんは、タイプライターを打とうとしていた手を宙《ちゅう》にうかせたまま、口をぽかんとあけて、フローラをみつめた。

ウィリアム・スパイヴァーはだまっている。こんなことははじめてだ。

ユリシーズは、フローラの肩《かた》の上でふるえていた。

フローラはゆっくりと左腕《ひだりうで》をあげて、母さんを指さした。「父さんになんていったの？　リスになにをするようにたのんだの？」

母さんはせきばらいをした。「あなたのお父さんにいったのは——」

ところが、母さんの言葉はそこでとまってしまい、なにをいおうとしていたのかはわからずじまいだった。というのも、台所のドアがとつぜんいきおいよくあいて、父さんがあらわれたからだ。

父さんは、だれにともなくいった。「わたくし、ジョージ・バックマンです。どうぞよろしく」

それから、なかに入ってくると、フローラのとなりに立った。

母さんがいった。「ジョージ、その耳、いったいどうしたの？　まるで、どこかで戦《たたか》ってきたみたいよ」

「だいじょうぶ、なんでもないよ。そのリスに助けてもらったんだ」

「なんですって？」

「クラウス氏《し》におそわれたんだ。わたしの頭にとびのってきてね。それで——」父さんが話しはじめたとたん、ウィリアム・スパイヴァーが口をはさんだ。

「すごくおもしろそうな話ですが、ちょっと、いいですか？」

「もちろん」と、父さん。

「クラウス氏《し》って、だれですか？」

「クラウス氏《し》というのは、アパートの大家さんの名前でもあり、大家さんが飼《か》っている大きなネコの名前でもある。このネコは、いつもは足首におそいかかってくるんだが、今回は頭だった。それも、わたしの頭だ。ふいうちだったから、わたしはまったく備《そな》えができていなかった」

「それで?」と、ウィリアム・スパイヴァー。

「ああ、そう、そう。それで、クラウス氏《し》がわたしの耳をかんだんだ。ものすごくいたかったよ。そして、リスが助けてくれた」

母さんがいった。「あなた……頭が……おかしく……なったの?」

父さんは「いや、そうじゃない」とこたえると、みんなも、そうだといってくれるよね? というように、にこにこした。

母さんがまた、いった。「あなたは、こんなかんたんなこともできないの? リスの問題を解決《かいけつ》してって、たのんだでしょ」

フローラは、怒《いか》りがこみあげてきた。「母さんおとくいの『婉曲表現《えんきょくひょうげん》』はやめて。『リスの問題』なんていわないでよ。父さんに、リスを殺《ころ》して、っていったんでしょ。わたしのリスをね!」

ユリシーズが、フローラのいうとおりだ、というように、ピピと声を出した。

そして、台所は、しんとしずまりかえった。

45　五文字の言葉

「ほんとうのことでしょ。父さんに、ユリシーズを殺《ころ》して、っていったんだよね」母さんを思いっきり責《せ》めたフローラは、つぎに、自分を裏切《うらぎ》ったウィリアム・スパイヴァーにかみついた。

「ウィリアム・スパイヴァー、ここでなにしてるの？　どうしてうちの台所にいるのよ？　しかも、母さんと」

　母さんが「わたしの小説《しょうせつ》をてつだってくれてるのよ」と、口をはさむと、ウィリアム・スパイヴァーは、信《しん》じられないくらい顔をまっかにして、いった。

「お役に立っているのなら、ものすごくうれしいです、バックマンさん」

　そして、口から棒《ぼう》つきキャンディーを出すと、母さんのほうにおじぎをした。「たしかに、ぼくには、いくらか、言葉のセンスがあると思います。そして、小説《しょうせつ》が大すきです。でも、どちらかというと、恋愛小説《れんあいしょうせつ》じゃなくて、科学的な理論にもとづいているようなものに興《きょう》味《み》がありますけど。そうですね、SF《エスエフ》といってもいいかな。事実とファンタジーがまざっているもの、宇宙《うちゅう》の性質《せいしつ》について広い範囲《はんい》にわたってじっくりと考えたものなんかです。たとえば、クォーク[*1]や、矮星《わいせい》[*2]や、ブラックホールなんかをあつかった作品……。そういえば、たった今も、宇宙《うちゅう》はどんどん膨張《ぼうちょう》しているんだって、知っていますか？」

　それをきいて、ユリシーズだけが、びっくりしたように首をはげしく横にふった。

ウィリアム・スパイヴァーは、ずりおちそうになっているサングラスを上におしあげ、深々と息をすうと、つづけた。「宇宙《うちゅう》の膨張《ぼうちょう》といえば、宇宙《うちゅう》には九百億《おく》くらい銀河《ぎんが》があることはごぞんじでしたか？　そんな広大な宇宙《うちゅう》のなかにいて、自分自身の宇宙《うちゅう》――自分の世界――をつくろうとするなんて、ばかげたむちゃなことにみえるけれど、それでも、ぼくは、やってみたいと思ってるんです。あきらめずにやりとおします」

フローラがいった。「ウィリアム・スパイヴァー、わたしの質問《しつもん》にこたえてないよ」

「こんどはちゃんとこたえるよ。説明《せつめい》させて」

「だめ、あんたは裏切《うらぎ》り者《もの》よ。それに――」フローラはくるりとむきを変《か》えると、母さんを指さした。「母さんは、強敵《きょうてき》、ほんものの悪党《あくとう》」

母さんは腕組《うでぐ》みをして、いった。「わたしは、あなたにとっていちばんいいと思うことをしてるの。それでも、わたしのことを悪党《あくとう》だっていうんなら、それでけっこう」

フローラはぐっと息をすってから、きっぱりといった。「わたし、父さんとくらす」

「なんですって？」と、母さん。

「ほんとうかい？」と、父さん。

＊1　物質を構成するもっとも小さな粒子の種類のひとつ。
＊2　自ら熱と光を発する星のうち、小さくて光の強くないもの。

「あなたのお父さんは、自分のことも満足《まんぞく》にできないんだから、ほかの人の世話なんかむりよ」フローラはいいかえした。「少なくとも、父さんは、電気スタンドをむすめがわりにしたい、なんて思わないもん」

ウィリアム・スパイヴァーがつぶやいた。「意味がよくわからないなあ。なにかをききのがしているのかな」

「父さんとくらしたい」フローラはくりかえした。

「ほんとうかい？」と、父さんもくりかえすと、母さんがいった。

「すきにしなさい。まちがいなく、わたしもらくになるし」

たった五文字の言葉。こんなに短くてかんたんな言葉だけれど、巨大《きょだい》な石の板が飛《と》んできたみたいな気がした。そのいきおいで、よろけそうに感じたくらいだ。フローラは思わず、ユリシーズにつかまろうと、肩に手をやった。

フローラは自分にいいきかせた。「期待しちゃ、だめ……」

けれど、なにを期待しないようにしているのか、自分でもよくわからなかった。

わかっているのは、自分がひねくれ屋だということと、心が傷《きず》ついているということだけだ。ひねくれ屋は傷《きず》つかないはずなのに。

ウィリアム・スパイヴァーが、椅子《いす》をうしろにさげて立ちあがると、母さんに話しかけた。「バックマンさん、ひょっとして、今いったことをとりけしたいと思っているんじゃありませんか？　あそこまできついことをいわなくてもよかったように思うんだけど」

母さんはなにもいわない。

ウィリアム・スパイヴァーは立ったまま、「わかりました。じゃあ、ぼくが話してみます。なんとかわかってもらえるよう、やってみます」といって、ちょっと言葉をきってから、話しはじめた。「フローラ・ベル、ぼくがここにいるのは、きみをさがしにきたからなんだ。ただ、それだけだよ。きみが出かけてからずいぶんたっていたし、きみに会いたくなったから。もう帰ってるかもしれないと思って、きてみたんだ」

フローラは目をとじた。ただ、暗闇《くらやみ》しか見えない。そのなかを、お医者さんのほうのドクター・ミーシャムが描《か》いた巨大《きょだい》イカがゆっくりと泳いできた。たくさんの長い腕《うで》をふりまわしながら、さびしそうに悲しそうに泳いでくる。

〈きみをさがしにきた〉

どうしてウィリアム・スパイヴァーやウィリアム・スパイヴァーの言葉って、こうなの？　どうして、胸がきゅっとしめつけられる気がするんだろう?

フローラはつぶやいた。「アザラシの脂肪《しぼう》」

「え、なんていったの?」と、ウィリアム・スパイヴァー。

そのときユリシーズが、フローラが肩にやっていた手に、体をそっとおしつけてきた。

それから、空中に飛《と》びたった。

母さんが、びっくりしていった。「まさか。こんなこと、ありえない。うそでしょ……」

ユリシーズは母さんの頭の上をどんどん高くあがっていった。

「うそじゃない。ほんとだよ」フローラはいった。

46　ジャイアント・ジャイアント・ドーナッツ

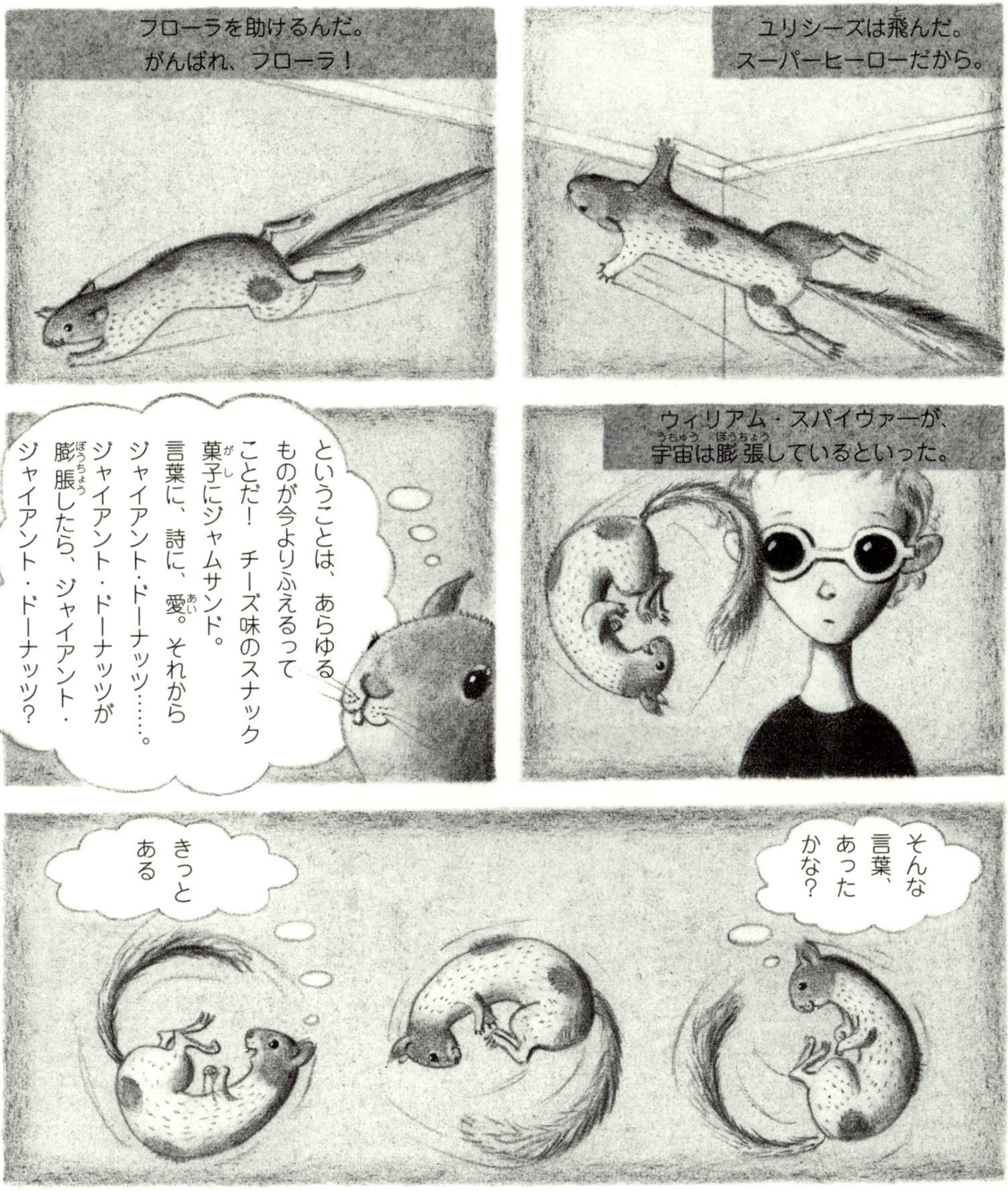
フローラを助けるんだ。がんばれ、フローラ！

ユリシーズは飛《と》んだ。スーパーヒーローだから。

ということは、あらゆるものが今よりふえるってことだ！　チーズ味のスナック菓子《がし》にジャムサンド。言葉に、詩に、愛《あい》。それからジャイアント・ドーナッツ……。ジャイアント・ドーナッツが膨脹《ぼうちょう》したら、ジャイアント・ジャイアント・ドーナッツ？

ウィリアム・スパイヴァーが、宇宙《うちゅう》は膨張《ぼうちょう》しているといった。

そんな言葉、あったかな？

きっとある

47　飛《と》ぶリス

フローラはふしぎに思った。ユリシーズが飛《と》ぶと、どうしてしんとしちゃうんだろう？　ジャイアント・ドーナッツ・カフェのお店のなかにいたときも、そうだった。少なくとも、みんながさけびはじめるまでは。まるで、一瞬《いっしゅん》、しずけさがお店をつつみこんだみたいだった。世界がうっとりするほど美しくなり、あらゆるものの動きがおそくなったようにみえた。

フローラはあたりをみまわして、にっこりした。日の光が台所にさしこんで、さまざまなものをてらしている。ユリシーズのひげも、タイプライターのキーも、上をむいてほほえんでいる父さんの顔も、信《しん》じられないというようにびっくりしている母さんの顔も。

ウィリアム・スパイヴァーにも光があたって、淡《あわ》い金髪《きんぱつ》がぼさぼさの後光みたいにかがやいている。

ウィリアム・スパイヴァーが声をあげた。「どうしたの？　なにがおこってるの？」

父さんが笑《わら》いだした。「フィリス、ほら、わかるかい？　どうだい？　ぜったいにおこらないなんていいきれることは、ひとつもないんだよ」

ユリシーズは、みんなの上をゆったりと飛《と》んでいた。そして、床《ゆか》まで急降下《きゅうこうか》したかと思うと、天井《てんじょう》までまたすーっとあがっていった。それから、うしろをたしかめると、空中で、ゆっくりと後方宙返《ちゅうがえ》りをした。

母さんが、おかしな、こわばった声でいった。「なんてこと」

ウィリアム・スパイヴァーが、またいった。「だれか、なにがおこってるのかおしえてよ」

ユリシーズがまた急降下《きゅうこうか》して、ウィリアム・スパイヴァーの右耳の横をとおった。

「わっ。今のなに？」と、ウィリアム・スパイヴァー。

「リスよ。リスが飛《と》んでいるの」母さんは、また、おかしな声でいうと、とつぜん立ちあがった。「そうだわ、二階にいって、少し横にならないと」

母さんがそんなことをいうなんて、おかしい。母さんは、ぜったいに昼寝《ひるね》をしない人だから。それどころか、昼寝《ひるね》をするのは体によくないと思っているみたいだった。「昼寝《ひるね》なんて、時間の大いなるむだよ」というのが母さんの口ぐせだ。

その母さんが、こういった。「ちょっとだけ……休まないと」

そして、台所から出て、ドアをしめた。

ユリシーズは、テーブルの上のタイプライターの横におりた。

ウィリアム・スパイヴァーがいった。「それほどおどろくことでもないよ。いろいろな種類《しゅるい》のリスがいるからね。空を飛《と》べるリスの仲間《なかま》も、ほんとうにいるんだよ。モモンガとかムササビとかね。実際《じっさい》、すべてのリスの祖先《そせん》は空飛《そらと》ぶリスだった、という説《せつ》もあるくらいだからね。いずれにしても、記録《きろく》が残《のこ》っているし、飛《と》ぶリスがいるっていうのは事実だよ」

ユリシーズはウィリアム・スパイヴァーをみてから、フローラをみた。

そして、前足をのばすと、タイプライターのキーを打った。

カタッという音が台所のなかにひびく。

「タイプライターもつかえる、ウィリアム・スパイヴァーはこたえた。「それについては、記録《きろく》がない」

フローラがたずねると、ウィリアム・スパイヴァーはこたえた。

ユリシーズがべつのキーを打った。それから、もうひとつ。

父さんがいった。「なんと、なんと！　このリスは空を飛《と》べるし、ネコをやっつけるし、タイプまでできる」

「スーパーヒーローだもん」フローラがこたえると、父さんがいった。

「いやあ、おどろいた。なんてすばらしいんだ。だが、ええと、お母さんとちょっと話をしたほうがよさそうだな。今かかえている、いろいろな問題についてね」

48　家をおいだされるということ

カタッ……カタッ……カタッ。

ユリシーズはタイプをつづけていた。

フローラと、ウィリアム・スパイヴァーは、しずかに立っていた。

ウィリアム・スパイヴァーが口をひらいた。「フローラ・ベル？」

「なに？」

「きみがまだここにいるか、たしかめただけ」

「ほかのどこにいるっていうのよ」

「えっと、わからない。だけど、この家から出ていく、っていってたから」

「母さんがそうしてほしいみたいだから」

「ほんとうは、そういうつもりじゃなかったんじゃないのかな。お母さんは、びっくりしたんだよ。それに、たぶん、傷《きず》ついたんだと思う。それで、自分の気持ちをうまくいえなかったにちがいないよ。それにしても、ショックだなあ。恋愛小説《れんあいしょうせつ》を書く作家が、気持ちを伝《つた》えるのがへただなんてさ」

カタッ……カタッ……カタッ。

ユリシーズは、心の底《そこ》からみちたりたようすで、タイプしている。

フローラはいった。「母さんは、わたしがいないほうがらくだっていったのよ」

「うん、そうだけど」そういって、ウィリアム・スパイヴァーは、ずりおちそうになったサングラスをおしあげると、テーブルの下から椅子《いす》をひきだしてすわり、深いため息をついた。

「くちびるがしびれて、感覚《かんかく》がなくなっちゃった」フローラはいった。

「その感じ、わかるよ。ぼくも、なんどか深く傷《きず》ついたことがあるから、悲しみが体にあらわれるってことをよく知ってる」

「なにがあったの？」

「おいだされたんだ」

おいだされる。

フローラは、心の底に、小さな、冷《つめ》たい石ころがしずんだような気がした。

「どうして、おいだされたの？」フローラはきいた。

「そうじゃなくて、『だれにおいだされたの？』ってきくほうが正しいと思うよ」

「わかった。だれにおいだされたの？」フローラはいいなおした。

「母さんだよ」

フローラは、心の底《そこ》にもう一個《こ》、石がしずんだような感じがした。

「どうして？」

「母さんの新しい結婚《けっこん》相手をまきこんだ不運《ふうん》なできごとがあったんだ。母さんの新しい結婚《けっこん》相手っていうのは、ぼくのほんとうの父さんじゃなくて、タイロンなんていうばかげた名前の男さ」

「あなたのお父さんはどこにいるの？」フローラは、きいた。

「死んだんだ」

「ふうん」

フローラの心の底《そこ》に、もう一個《こ》、石がしずんだ。

「ぼくのほんとうの父さんは、とても思いやりがあって、知的な人だった。それと、足がとってもきゃしゃだった。ものすごく小さい足だったんだ。ぼくも、足が小さいんだよ」

フローラはウィリアム・スパイヴァーの足を見た。たしかに、とても小さく見える。

「足の大きさがどうかなんて、この話に直接関係《ちょくせつかんけい》はないけどね。足のことはともかく、父さんは、ピアノがものすごく上手《じょうず》だった。それに、天文学のことをよく知っていた。星をながめるのがすきだったんだ。父さんも、ウィリアムっていう名前だった」

ウィリアム・スパイヴァーの話はつづいた。「だけど、父さんは死んじゃった。そして、母さんはタイロンっていう名前の男と再婚《さいこん》した。タイロンは、足がきゃしゃじゃないし、空に星があることさえ知らないんだ。宇宙《うちゅう》の神秘《しんぴ》なんて、タイロンにはなんの意味もないことなんだよ。父さんのピアノだって売ってしまった。それに、ぼくをウィリアムって呼《よ》ばないで、ビリーなんてニックネームで呼《よ》ぶんだ」

ウィリアム・スパイヴァーはさらにつづけた。「きみも知っているように、ぼくの名前は今も、昔も、未来《みらい》も、ビリーなんかじゃない。ぼくは、ビリーって呼《よ》ばれるのは『いやだ』って、いったんだ。なんどもなんども、いった。そのたびに無視《むし》され、あることがまたべつのことをひきおこして、とうとうとりかえしのつかないことがおこってしまった。そして、ぼくはおいだされたんだ」

「あることって、なに？　とりかえしのつかないことって？」

「それは、こみいった話なんだ。今は、話したくない。でも、ぼくたち、おたがいに心の問題について質問《しつもん》しあっているから、ついでにきくんだけど、どうしてきみは、お母さんが電気スタンドをむすめのかわりにしたがってる、なんていったの？」

「それも、こみいった話なの」

「もちろん、そうだろうね。そうにきまってる」

そこで、ふたりはだまりこんだ。きこえてくるのは、ユリシーズがタイプライターを打つカタッ、カタッという音だけだ。

少しして、ウィリアム・スパイヴァーがいった。「あのリスは、新しい詩を書いているみたいだね」

「そうみたい」

「長そうだね。叙事詩《じょじし》みたいなものかな。それにしても、そんなに長い詩になるなんて、リスはなにを書こうとしているんだろう？」

「今日は、いろいろなことがあったから」

もう、夕方になっていた。裏庭《うらにわ》のニレの木やカエデの木の影《かげ》が台所のなかまでのびて、床《ゆか》に紫色《むらさきいろ》の線ができている。

もし、父さんのところにひっこしたら、もうこの影《かげ》もみられないんだ。なつかしく思うだろうな。

ウィリアム・スパイヴァーにだって、会いたくなるだろう。

そのとき、まるで、フローラの心を読んだかのように、ウィリアム・スパイヴァーがいった。「さっきいったことだけど、ほんとうだよ。ここにいるのは、きみをさがしにきたからなんだ。きみに会いたくなったから」

フローラの心——たくさんの腕《うで》を持つさびしいイカみたいな心——が、フローラの胸《むね》のなかで、ぴくっとはね、はげしくゆれた。

フローラは口をひらいて、「そんなこと、もう、どうでもいい」と、いおうとした。ところが、実際《じっさい》にいったことは、ぜんぜんちがった。どうして、いつもこうなっちゃうんだろう。

口から出てきたのは「ブランダーミーセンっていう場所のこと、知ってる?」だった。

「ちょっと、ごめん」ウィリアム・スパイヴァーはそういって、右手をあげた。「きみをおどかすつもりはないんだけど……けむりのにおいがしない?」

たしかに、けむりのにおいがする。

こんどは火事? 今日は、いろいろなことがあったっていうのに、また? まったくもう。

49　フローラ・ベル、いい知らせだ！

母さんと父さんが、いっしょに台所に入ってきた。母さんは、タバコをくわえている。母さんがタバコをすってる！

そして、父さんは、母さんの肩《かた》に腕《うで》をまわしていた。

母さんがタバコをすっているところをみるのと同じくらい、ぎょっとすることだった。母さんと父さんはもう長いこと、腕《うで》を組んだり、肩《かた》をだいたりしていなかった。相手にふれないようにしていたから。

父さんが口をひらいた。「フローラ・ベル、いい知らせだ！」

「ほんと？」

だれかがいい知らせだといっても、フローラは信《しん》じないことにしている。今までの経験《けいけん》では、ほんとうにいい知らせがあるときには、だいたい、そのなかみをいう。ほんとうは悪い知らせだけど、いい知らせだと思わせようとするときに、「いい知らせだ！」という。

そして、とても悪い知らせのとき、みんなはわざわざ名前を呼《よ》んで、こういう。「フローラ・ベル、いい知らせだ！」

父さんがいった。「母さんは、そのリスをぜひここで飼《か》いたい、といってるぞ」

フローラは思わずききかえした。「えっ？　ここで？　母さんが飼《か》うの？　で、わたしはどこでくらせばいいの？」

「ここだよ。母さんといっしょにね。フローラと、母さんと、リスで、くらすんだ。母さんはそうしたいといってる」

フローラは母さんに声をかけた。「母さん」

「ぜひ、そうしてほしいのよ」母さんはそういうと、タバコをくわえて、一気にぐうっとすった。手がふるえている。

フローラはきいた。「どうして、タバコをすってるの？　やめたと思ってたけど」

「今は、やめるのにいい時期じゃないと思ったのよ」母さんは目を細めて、つづけた。「いろいろと問題をかかえているときだから。なにしろ、リスがタイプしているのがみえたりするのよ。しかも、わたしが小説《しょうせつ》を書く大事なタイプライターでね」

ウィリアム・スパイヴァーが口をはさんだ。「ユリシーズは、詩を書くんです。小説《しょうせつ》じゃありません」

「ちょっとみてみましょうか。リスがどんな詩を書くのか、ね」母さんはそういうと、タイプライターのそばにいって、ユリシーズとユリシーズが紙に打った言葉をみおろした。

母さんの声は、へんなままだった。うすっぺらで、かん高くて、くらい井戸《いど》の底《そこ》かどこか遠くからきこえてくるような感じ。人間のふりをしているけれど、へたな話しかたしかできないロボットみたいだった。

フローラは、一瞬《いっしゅん》、こわいと思った。

「タバコをもう一本すわせてちょうだい」

母さんはロボットみたいな声でいうと、今すっているタバコから新しいタバコに火をうつした。もちろん、これでは、つづけざまにタバコをすうことになる。母さんの調子がいいときだって、危険《きけん》なことだ。

そして、今は、調子のよくないときだ。

母さんはタバコを深々とすって、けむりをはきだした。「リスが書いた詩を読みあげてみましょうか？」

50　作りかけのリスト

ユリシーズがタイプしていたものは、詩とはいえなかった。

まだ、詩にはなっていない。

今のところは、ユリシーズが詩にしたいと思っている言葉のリストでしかなかった。

さいしょの言葉は「ジャム」。

「ジャム」のつぎは、「ジャイアント・ドーナッツ」、そして、そのつぎが「つぶつぶのチョコレート」。

そのあとは、こんなふうにつづいていた。

リタ！
目玉焼《めだまや》き
パスカル
巨大《きょだい》イカ
ヒツジカイの少女
やっつけた
ほうようりょくがある
クォーク

うちゅう（ぼうちょうしている）
ブランダーミーセン
おいだされた

そして、いちばん最後《さいご》の言葉は、ドクター・ミーシャムのさよならのあいさつだった。

どんなときにも、かならずあなたに会いにもどってきます

ユリシーズは、どれもいい言葉だと――いや、すばらしい言葉だと思っていた。けれど、このリストはまだ、できあがっていなかった。つくりはじめたばかりなのだ。これから、形を整えたり、手をくわえたり、好《この》みの順《じゅん》にならべかえたりするつもりだった。

フローラの母さんが読みあげたときに、あまり感動的《かんどうてき》にきこえなかったのは、そのせいだ。

「おお、大した詩じゃないか」

父さんがほめると、ウィリアム・スパイヴァーがいった。「そうでもないです。それに、うそをいっても、いいことはありません。たとえ、相手がリスだとしてもね。この詩は、実際《じっさい》、かなりひどいできだと思います。でも、ぼくは、最後《さいご》のところがすきだな。会いにもどってきますっていうところです。

あそこは、感情《かんじょう》がこもってる」

「そうね、とにかくすばらしい詩だと思うわ。わたしたち家族に、新たな作家がくわわって、こんなにうれしいことはないわ」母さんは、ユリシーズの頭をなでた。もっとも、ユリシーズは、ずいぶん乱暴《らんぼう》だなあ、と思った。なでられたというよりは、たたかれたような感じだ。

「わたしたち、人数は少ないけど、しあわせいっぱいの家族になれるわ」そういうと、母さんはなでるふりをして、またユリシーズの頭をたたいた。

「ほんと？」フローラがたずねると、母さんはこたえた。

「もちろんよ」

そのとき、裏口《うらぐち》のドアをノックする音がした。「ねえ、ちょっとお」だれかがさけんでいる。

ティッカムさんだ！　と、ユリシーズは思った。

「ティッカムさんだ！」と、フローラがいい、母さんがまねきいれた。「ティッカムさん、どうぞお入りくださいな。リスがタイプした言葉を読んでいたところなんです。あはは。わたしたち、リスが書いた詩を読んでいたのよ」

ティッカムさんはいった。「ウィリアム、あなたをずっと、ずっと呼《よ》んでたのよ」

「きこえなかった」と、ウィリアム・スパイヴァー。

「そうね、たしかに、あまり大きな声じゃなかったわ。それで、ユリシーズはなにをタイプしたの？」

ティッカムさんがきいたので、母さんがまたリストを読みあげた。

ティッカムさんは片手《かたて》を胸《むね》にあてて、いった。「まあ、最後《さいご》のところがとても美しくて、胸《むね》を打つわ」

「この詩のなかで、いいたいことが伝わってくるのは、そこだけだからね」と、ウィリアム・スパイヴァー。

すると、ティッカムさんがいった。「ユリシーズと出会って、わたしも短い詩を書いてみたいと思うようになっていたのよ。こんな気持ちになるなんて、ユリシーズのおかげだわ」

ぼくのおかげだって！　ユリシーズは、ほこらしい気持ちになって、ふりかえると、自分のしっぽのにおいをかいだ。

フローラは、いった。「ティッカムさんの詩も読んでみたいな」

「ええ、そのうち、詩の朗読会《ろうどくかい》をひらくといいわね。きっと、ユリシーズも気に入ると思いますよ」

ユリシーズがうなずいた。

うん、うん。きっと楽しいだろうな。

それに、なにか食べ物があったらいいな。

ドクター・ミーシャムのジャムサンドは、すっごくおいしかった。でも、あれを食べたのはずっとまえだ。

なにか食べたい。それから、ティッカムさんに詩を読んでもらいたい。それに、自分の詩も書きたいな。

あと、フローラの母さんには、頭をたたくのをやめてほしいと思った。母さんが、また頭をたたいていたからだ。

ティッカムさんがいった。「ウィリアム、あなたのお母さんが、話をしたいといって、電話をかけてきたわよ」

「ほんと?」ウィリアム・スパイヴァーの目がかがやき、声はうわずっていた。「ほんとに? 母さんは、ぼくに帰ってきてほしいって?」

「残念《ざんねん》ながら、そうではないの。でも、夕ごはんの時間だから、いっしょにうちにもどって、なにか食べましょう」

ユリシーズは思った。「うち」って、いい言葉だなあ。それに、「夕ごはん」って言葉も、いいなあ。

ユリシーズはまた、タイプライターのほうをむいた。

そして、「う」のキーをさがした。

なんだか、なにもかもがへんだった。

母さんは、ユリシーズも入れた全員でいっしょに食事をしましょう、といって、きかなかった。

しかも、ユリシーズも椅子《いす》にすわらせなくちゃ、といいはった。けれど、そんなことは、ばかげている。なぜなら、椅子《いす》にすわったら、ユリシーズはテーブルにとどかなくなるからだ。

フローラが、「ユリシーズは、わたしのひざにすわればいいじゃない」というと、母さんは「あら、だめだめ。歓迎《かんげい》されてるって思ってほしいから。わが家の食卓《しょくたく》に自分の席《せき》がちゃんとある、とわかってもらいたいの」と、ゆずらなかった。

母さんは、ユリシーズのために椅子《いす》をひいた。そして、ユリシーズがその上にあがると、椅子《いす》をテーブルにぐっとおしつけた。ごはんだと思ってうれしそうにしていたユリシーズの小さな顔が、テーブルクロスの下に消えていくのをみて、フローラは胸《むね》がつぶれそうな気がした。

もし、母さんが今日みたいにおかしなふるまいをしていなかったら、フローラはきっと、強い口調《くちょう》で文句《もんく》をいっただろう。

けれど、今日の母さんは、とてもへんだった。

51 なにかにとりつかれた母さん

とても、とても、へんだった。

ロボットみたいな声でしゃべるだけでなく、今までだったらぜったいにいわなかったようなことをいったり、考えられないような感情《かんじょう》をみせたりしている。

たとえば、食卓《しょくたく》にリスのための席《せき》を用意するといってゆずらなかったこと。

フローラにマカロニ・チーズのおかわりをすすめたこと。

それをたいらげても、そんなに食べたら太るわよ、といわなかったこと。

母さんは、まるで、なにかにとりつかれてるみたい。

『あなたのまわりは、危険《きけん》だらけ！』に、「悪魔《あくま》、死霊《しりょう》、たたり」という回があった。

たしかに、歴史《れきし》をふりかえってみると、おかしなふるまいをする人々は、悪魔《あくま》とか悪霊《あくりょう》とか、大気《たいき》圏外《けんがい》からやってきたエイリアンなどにとりつかれているといって、責《せ》められた。

けれど、こうした人々は（たぶん）とりつかれていない、と『あなたのまわりは、危険《きけん》だらけ！』に書いてあった。とんでもないできごとを経験《けいけん》したせいで、精神《せいしん》が限界《げんかい》に達《たっ》して、神経《しんけい》がこわれてしまっただけなのだという。

フローラは、これを母さんにあてはめてみた。タイプライターをつかったり空を飛《と》んだりするリスを目にしたことは、母さんにとって「とんでもないできごと」で、精神《せいしん》がうけいれられる限度《げんど》を（かなり）こえていたんだろう。ぎりぎりのところまでおいつめられて、神経《しんけい》がおかしくなってるんだ。

それか、なにかにとりつかれているか、のどっちかだ。

もちろん、父さんだって、ずっと、ぎりぎりのところまでおいつめられていた。けれど、ユリシーズのせいで父さんの神経《しんけい》がおかしくなるなんてことはなかった。それどころか、父さんは、なぜか元気になった。たぶん、いろいろな場面で「なんと、なんと！」と思うたびに、ウルトラ・ピカットとドロリスのことを思い出したり、ありえないようなことがおこることもあるのだと思い出したりしたんだと思う。

その晩《ばん》、父さんが帰るとき、フローラはきいた。「父さんといっしょに住んでもいい？」

すると、父さんはこうこたえたのだった。「もちろん、いいとも。だけど、母さんには、今、フローラが必要《ひつよう》だ」

「母さんには、わたしなんか必要《ひつよう》じゃないよ。だって、わたしがいなかったらくになるって、いったもん」

「母さんは、ほんとうの気持ちの伝えかたをわすれてしまったんだと思うよ」

フローラはいいはった。「それに、母さんはユリシーズがきらいだもん。ユリシーズをきらってる人とはいっしょにくらせないよ」

「母さんに、もういちどチャンスをあげてほしいな」

「わかった」と、フローラはこたえた。

父さんが出ていくとき、フローラはドクター・ミーシャムのさよならのあいさつを小声でいってみた。きこえるはずはないとわかっていたけど、父さんがもどってこなかったから、フローラはがっかりした。けれど、とにかく、フローラは家に残《のこ》って、母さんにもういちどチャンスをあげることにしたのだった。そして、母さんが食卓《しょくたく》のローソクでタバコに火をつけて、つぎからつぎへとすうのをみつめていた。あれじゃ、そのうち、母さんの髪《かみ》の毛《け》に火がつくにちがいない。

髪《かみ》の毛《け》が燃《も》えかけたときには、どうするんだっけ？　たしか、敷物《しきもの》でなにかするんだった。敷物《しきもの》で頭をたたく――たしか、そう。

フローラはあたりをみまわした。うちに、敷物《しきもの》なんて、あったかな？

そのとき、階段《かいだん》の下の羊飼《ひつじか》いの少女メアリー・アンが目に入った。フローラと母さんを、「もう、うんざり」というようなつめたい目でみつめている。

このときはじめて、電気スタンドの少女と同じ気持ちだ、とフローラは思った。もう、うんざり。なにもかもが、手におえなくなっている。

母さんがいった。「げっ歯類《しるい》の家族とふつうの家族、どちらともいっしょにすごせるなんて、喜《よろこ》ばしいわ。げっ歯類《しるい》というのは、リスやネズミの仲間《なかま》のことよ。とてもうれしいんだけど、頭痛《ずつう》がするから、二階にいって少し目を休めるわね」

「わかった。食器《しょっき》はわたしが片《かた》づけておく」

「まあ、ありがとう。やさしいのね」
ようすのおかしな母さんが階段《かいだん》をのぼっていったあと、フローラはユリシーズの椅子《いす》をうしろへひいてあげた。すると、ユリシーズはテーブルにぴょんと飛《と》びのって、山もりのマカロニ・チーズをじっとみつめた。それから、フローラをみた。

フローラはいった。「どんどん、食べて。ユリシーズのだよ」

ユリシーズは、マカロニをひとつくわえると、両方の前足ではさんで、ほれぼれとながめた。

フローラは、ユリシーズをみていて、『光のスーパーヒーロー、ウルトラ・ピカットの冒険《ぼうけん》！』のひとコマを思い出した。くらい窓《まど》のそばに立っているアルフレッド・T《ティー》・スベラーが、背中《せなか》で手を組み、ドロリスを肩《かた》にのせて、窓《まど》の外をみている場面だ。

そのコマには、こんなセリフが書いてあった。「ドロリス、この世界で、ぼくはひとりぼっちだ。自分と同じような仲間《なかま》に会いたくてたまらないよ」

ユリシーズは、持っていたマカロニを食べおえると、もうひとつとった。ひげにチーズソースがついている。ユリシーズはしあわせそうだった。

「わたしも会いたくてたまらないよ、父さんに。すっごく会いたい」

ユリシーズがフローラをみあげた。

「ウィリアム・スパイヴァーに会いたい」

そういってからフローラは、自分でもびっくりした。思ってもみないことを口にするとは、まさに、こういうことだ。

そして、母さんにも会いたくなった。おかしくなるまえの母さんに。

外はくらくなっていた。

母さんは二階に、父さんはブリクセン・アームズに、ウィリアム・スパイヴァーはとなりの家にいる。

宇宙《うちゅう》は膨張《ぼうちょう》している。

そして、フローラは、自分と同じような仲間《なかま》に会いたいと思っていた。

52　ちょうどいい言葉は？

ユリシーズは、フローラの部屋で窓辺《まどべ》にすわって、ねむっているフローラをみた。それから、窓《まど》の外に目をやり、あかりのともった近所の家々の窓《まど》をながめながら、詩に書きくわえる言葉を考え、ドクター・ミーシャムの家できいたオペラの歌声や、廊下《ろうか》をうしろむきにふっとんでいったネコのクラウス氏《し》の顔つきを思い出していた。

ちょうどいい言葉はないかなあ？

みたり、考えたりしたことをぜんぶまとめていう言葉はあるのかな？　あかりのともった窓《まど》や、オペラの音楽や、ネコがなげとばされたときの、信《しん》じられないっていうようなおびえた顔……。そういうことぜんぶをひっくるめていう言葉。

ユリシーズは、木《こ》の葉《は》のあいだをふきぬける風の音に耳をかたむけた。それから、目をとじて、つぶつぶのチョコレートをまぶした、クリーム入りのジャイアント・ドーナッツを思いうかべた。なかみはジャムでもいいかもしれないな。

空中を飛《と》んでいるときのことも考えた。

フローラの母さんが「フローラがいないほうがらくだ」といったときの、フローラの顔を思い出した。

ユリシーズの心のなかには、いろいろな思いがあふれていた。こんなときはどうしたらいいんだろう？

フローラが小さないびきをかいている。

ユリシーズは目をあけると、そのままずっとまわりのものをみていた。そのうち、よその家々の窓《まど》にともっていたあかりがひとつまたひとつと消えていき、近くの街灯《がいとう》がぽつんとともっているほかは、まっくらになった。その街灯《がいとう》も、きれかかっているのか、あかりが弱々しくなって消えたかと思うと、また、ゆらめきながら明るくなり、また弱々しくなって……闇《やみ》が広がる。光、闇《やみ》、光。

ユリシーズは思った。あの街灯《がいとう》は、なにをいいたいんだろう？

それから、ウィリアム・スパイヴァーのことを考えた。

「おいだされる」という言葉と「会いたい」という言葉のことを考えた。自分がタイプライターを打っているところを、そして、文字がひとつずつ紙の上にあらわれるところを思いうかべた。

寝《ね》るまえにフローラはこういった。「しばらくのあいだ、タイプライターでなにか打つのはやめたほうがいいと思うな。少なくとも、母さんのタイプライターではね。だって、母さんをおこらせちゃうみたいだから。ユリシーズがタイプライターで詩を書いたり、台所を飛《と》びまわったりすると、神経《しんけい》がおかしくなっちゃうみたいなんだ」

フローラは悲しそうにユリシーズをみて、自分の部屋のドアをしめながらつけくわえた。「うっかりわすれて外にいかないように、ドアをしめておくね。いい？　タイプライターのところにいったら、だめ。つかったらだめだよ」

けれど、スーパーヒーローには、ドアがしまっていても、どうってことなかった。
つまらない羊飼《ひつじか》いさん
時間さ！
スーパーヒーローの……

53　ネオンサイン

フローラは夢《ゆめ》をみていた。夢《ゆめ》のなかで、川岸にすわっていた。となりには、ウィリアム・スパイヴァーがいる。おひさまがかがやいていて、遠くに、ネオンサインがみえる。なんて書いてあるのか、遠くて、読めなかった。

フローラはきいた。「あのネオンサインの言葉、わかる？」

「どれのこと？　ぼくは、一時的《いちじてき》に目がみえなくなっているんだ」

ウィリアム・スパイヴァーが、目がさめているときと同じように、夢《ゆめ》のなかでもいらいらするようなことをいったから、なんだかほっとした。フローラはゆったりした気分で、川をみつめた。こんなにきらきらとかがやくものは、みたことがない。

「もしわたしが探検家《たんけんか》だったら、この川を発見したときに、ウルトラ・ピカット川っていう名前をつけるな」

「宇宙《うちゅう》がアコーディオンみたいだと考えてごらんよ」

フローラはウィリアム・スパイヴァーの言葉にいらいらした。「それ、どういうこと？」

「ほら、きこえない？」ウィリアム・スパイヴァーはいうと、頭をかたむけて、耳をそばだてた。

フローラも耳をすました。ずっと遠くでだれかがおもちゃのピアノを弾《ひ》いているような音がした。

「きれいだと思わない？」ウィリアム・スパイヴァーがいった。

「あんまりアコーディオンの音みたいには思えないけど」

「ああ、フローラ・ベル。きみって、ほんとうにひねくれ屋だね。あれはアコーディオンの音だよ」

ネオンサインが、さっきより近くなった。どういうわけかわからないけど、ネオンサインが動いたらしい。文字が、ついたり消えたり、ついたり消えたりしている。「ブランダーミーセンにようこそ」という言葉がうきあがっていた。

「わあ」フローラはいった。

「え？」と、ウィリアム・スパイヴァー。

「ネオンサインの文字が読める」

「なんて書いてあるの？」

「ブランダーミーセンにようこそ、だって」

ピアノの音が大きくなり、ウィリアム・スパイヴァーがフローラの手をにぎった。ウルトラ・ピカット川の岸にふたりでいっしょにすわっていて、フローラはとてもしあわせだった。

さびしくてだれかに会いたいなんて、ぜんぜん思わなかった。

ウィリアム・スパイヴァーがわたしの手をにぎってる！

ふと、思った。ユリシーズはどこ？

54　フローラへ

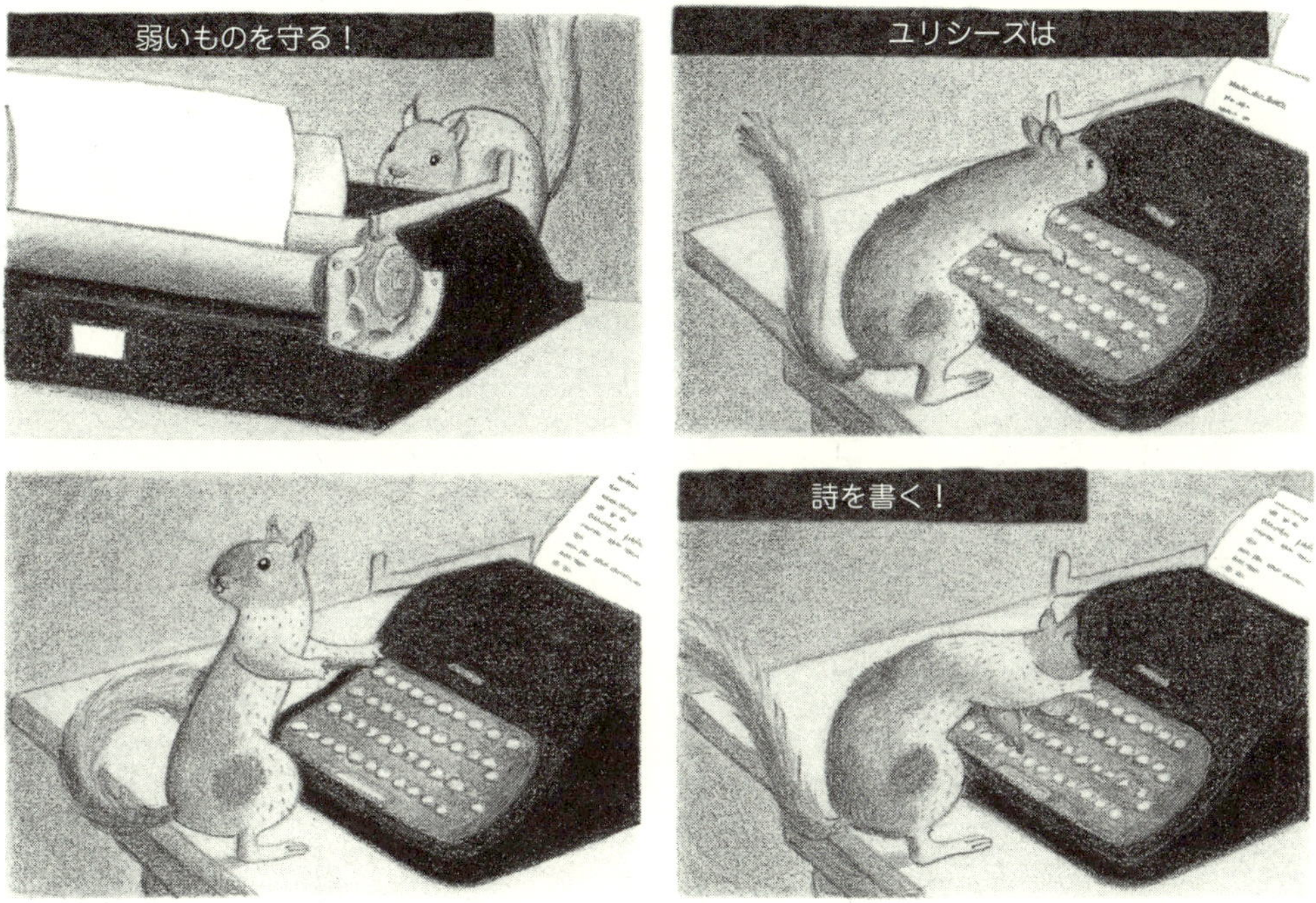

台所は、ガス台の上に小さなあかりがついているだけで、うすぐらかった。今、ここにいるのは、ユリシーズだけだ。それなのに、なぜか、だれかがいるような気がした。へんだな。まるで、ネコにみられているような感じがする。

クラウス氏《し》があとをつけてきたのかな？　くらがりにかくれて、しかえしをしようと待ちかまえている？　ネコのしかえしときたら、ひどいからなあ。いちど恥《はじ》をかかされたら、ネコは、けっしてわすれない。廊下《ろうか》で、リスになげとばされるなんて（しかも、うしろむきに）、とんでもない恥《はじ》だ。

ユリシーズは、音をたてないようじっとしていた。そして、鼻をそっと上にむけて、においをかいだけれど、ネコのにおいはしなかった。

けむりのにおいがする。

そのとき、フローラの母さんがくらがりからあらわれて、ガス台の電灯《でんとう》のうすあかりのなかに立った。

「なるほど、また、その小さな足でわたしのタイプライターにさわりまくって、かってにつかってるのね」母さんは、もう一歩前に出ると、タバコをくわえて、両手をのばし、タイプライターの紙をむりやりひきぬいた。

紙がまきつけてあったローラーが、キーッと悲鳴をあげた。

母さんは、ユリシーズが詩をタイプしていた紙を（紙をみもせず、詩をひと言も読まずに）くしゃくしゃに丸めると、床《ゆか》にすてた。

「さて」と、母さんはいって、タバコのけむりの輪《わ》をはきだした。うすあかりのなかにうかぶけむりの輪《わ》は、なぞめいていて美しい。上にうかんだタバコのけむりをじっとみているうちに、ユリシーズの心のなかに、喜《よろこ》びと悲しみが、同時に波のようにおしよせてきた。

ユリシーズは、この世界が大すきだった。この世界のなにもかもがすきだった。

タバコのけむりも、さびしい巨大《きょだい》イカも、ジャイアント・ドーナッツも、フローラの丸い頭も、その頭につまったすばらしい考えのどれもこれも、大すきだった。ウィリアム・スパイヴァーも、ウィリアム・スパイヴァーが話していた宇宙《うちゅう》の膨張《ぼうちょう》の話も、すきだった。フローラのお父さんのジョージ・バックマン氏《し》もすきだったし、バックマン氏《し》の帽子《ぼうし》や、声をあげて笑《わら》ったときの顔がすきだった。ドクター・ミーシャムや、ドクター・ミーシャムのうるんだ目や、ジャムサンドもすきだった。ユリシーズのことを詩人だといってくれた、ティッカムさんもすきだった。羊飼《ひつじか》いの少女もすきだったし、ネコのクラウス氏《し》さえもすきだと思っていた。

この世界が大すきだった。ここに、ずっといたいと思った。

母さんがユリシーズの頭ごしに手をのばして、まだなにも打ちこんでいない白い紙をとると、タイプライターにはさんだ。

「タイプライターをつかいたい？」母さんがきいた。

ユリシーズは、うなずいた。タイプライターで文字を打ちたかった。タイプするのが大すきだから。

「いいわよ、じゃあ、やりましょう。わたしのいうとおりに打つのよ」

でも、それでは、意味がない。だれかほかの人がいったことを打ちこむだけなんて。

母さんがいった。「フローラへ」

ユリシーズは、首を横にふった。

「フローラへ」母さんが、さっきより大きな声を出して、強い口調《くちょう》でいった。

母さんをみあげると、両方の鼻の穴《あな》から、細いけむりがふたすじ流れでた。

「打ちなさい」

ゆっくり、ゆっくり、ユリシーズは、いわれた言葉を打ちこんだ。

フローラへ

ユリシーズは、ショックのあまり、わけがわからなくなっていた。だから、母さんにいわれるままに、心にもない言葉を打ちこんでいった。

ユリシーズは、母さんがいうとおりの言葉を文字にしていった。

55　石のリス

ユリシーズが母さんの言葉を最後《さいご》まで打ちこむと、母さんはユリシーズの肩《かた》ごしにそれを読んで、うなずいた。「いいわ、これでいい。これで、きっと、うまくいくわ。いくつか、打ちまちがいがあるけど、なんといっても、あなたはリスですものね。しかたがないわ」

母さんはまた、新しいタバコに火をつけると、テーブルにもたれて、ユリシーズをみつめた。「そろそろ時間だわ。ここで待ってなさい。すぐにもどるから」

ユリシーズは、いわれたとおり待った。

母さんが台所から出ていったあとも、ユリシーズは動かずに、すわっていた。魔法《まほう》をかけられたみたいに、じっとしていた。心にもないにせものの言葉を打ったせいで、動く力がぬきとられてしまったみたいだった。

あれは、春のことだった。ユリシーズは、ある庭で、石でできたリスを見た。こおりついたように動かない、うつろな目をした灰色《はいいろ》のリスが、石の前足で、いつまでたっても食べおわることのない石のどんぐりをにぎっていた。あのリスは、たぶん今もあの庭で、あのどんぐりを持ったまま、じっとしているのだろう。

ぼくも石のリスだ、とユリシーズは思った。だって、動けないんだから。

ユリシーズは、打ちこんだばかりの言葉をみた。うその言葉がならんでいる。打ちまちがいもある。タイプライターで文字を打ちこんでいても、ちっとも楽しくなかったし、すきなことをしている気がしなかった。

そして、なによりもいやなのは、フローラが傷《きず》つくような言葉を打ってしまったということだった。

ユリシーズはゆっくりとふりかえると、しっぽのにおいをかいだ。においをかいだとき、フローラがジャイアント・ドーナッツ・カフェでさけんだ言葉を思い出した。「ユリシーズ！　ユリシーズ！　自分がだれなのか思い出して！」

あのとき、この言葉のおかげで、ユリシーズは勇気《ゆうき》がわいてきたのだ。そのあと、フローラは力強く、もうひと言いった。「今こそ、そのときよ！」

ふいに、足音がきこえてきた。

どうしよう？　なにをしたらいいだろう？

そうだ、文字を打つんだ。

なにかひと言。

でも、なんて？

フ
フロ
タイプはおしまいよ

56　誘拐《ゆうかい》された！

フローラは、はっと目をさました。家のなかは、信《しん》じられないくらいまっくらだった。あまりにくらいので、一時的《いちじてき》に目がみえなくなったのかと思った。

「ユリシーズ？」体をおこして、暗闇《くらやみ》のなかでドアのほうをみつめる。目がだんだんになれてくると、ドアの四角い形がみえてきた。ドアが少しひらいている。

「ユリシーズ？」

フローラはベッドから出ると、くらい階段《かいだん》をおりて、「つまらない電気スタンドさん」といいながら、羊飼《ひつじか》いの少女の前をとおりすぎた。

台所に入ると、なかは、がらんとしていた。タイプライターのほうをみても、だれも、いや、何もいない。

「ユリシーズ？」

タイプライターの前までくると、うすあかりのなかで、タイプライターにはさんである白い紙が目をひいた。

「まずい。やっぱりタイプライターをつかっちゃったんだ」

フローラは、紙に顔を近づけて、目を細めると、打ちこんである文を読んだ。

フローラへ、ぼくはあなたに夢中《むちゅう》です。でも、自然《しぜん》がよんでます。自然《しぜん》のなかに、かえ

らなくてはなりまんせ。マクロニ・チーズをありがとう。リスくんより

リスくん？

自然《しぜん》がよんでる？

あなたに夢中《むちゅう》？

こんなひどいにせものを読んだのははじめてだ。ユリシーズが書いた文だなんて、思えない。

ただ、紙のいちばん下だけは、ほんものにちがいないと思った。たったふた文字だったけれど。そう、「フ」と「ロ」。ユリシーズは、最後《さいご》に、フローラの名前を打とうとしたのだろう。きっと、フローラが大すきだと伝《つた》えたかったのだ。

「わたしもユリシーズが大《だい》すきだよ」フローラは紙にむかって、小声でいった。

それから、台所をみまわした。わたしったら、リスにむかって、しかも、相手は目の前にいないのに、「大すき」なんていってる。ひねくれ屋のくせに、なにをやってるんだろう？

でも、ユリシーズのことは大すきだった。ひげも、タイプライターで打つ言葉も、すきだった。しあわせそうにしているところや、小さな頭、ものおじしない強い心、木の実のにおいがする息が、すきだった。飛《と》んでいるときの美しい姿《すがた》も大すきだった。

フローラは、心臓《しんぞう》がこおりついたような気がした。どうして、そのことをユリシーズに伝《つた》えておかな

かったんだろう？　大すきだって、いっておけばよかった。

でも、今は、そんなことをいっている場合じゃない。ユリシーズをさがさないと。

フローラは、このところ丸二年ほど、なんとなく『犯罪者《はんざいしゃ》をみぬけ！』を読みかえしていなかった。

けれど、今、なにがおこっているかは、わかった。リスがさらわれたのだ。しかも、母さんに！

フローラは深呼吸《しんこきゅう》をすると、なにをすべきか、どんな行動をとるべきか、考えた。

まえに読んだとき、『犯罪者《はんざいしゃ》をみぬけ！』には、たしか、こう書いてあった。


〈明らかに緊急事態《きんきゅうじたい》であるとか、まちがいなく犯罪《はんざい》であると思われるようなことがおこったときには、ただちに関係当局《かんけいとうきょく》（警察《けいさつ》や消防《しょうぼう》）に知らせなくてはならない〉


フローラは、今おこっていることは、明らかに緊急事態《きんきゅうじたい》だし、まちがいなく犯罪《はんざい》だと思った。

けれど、通報《つうほう》することがいい考えだとは思えない。

警察《けいさつ》に電話をしたとして、なんていったらいいんだろう？

母さんがリスをさらったんです、っていう？

『犯罪者《はんざいしゃ》をみぬけ！』には、こうも書いてあった。

〈もし、なんらかの理由で関係当局《かんけいとうきょく》に連絡《れんらく》できないときには、べつの方面に助けをもとめなくてはならない。信用《しんよう》できるのはだれか？　だれなら、安心して助けをもとめられる？〉

フローラはふいに、さっきみた夢《ゆめ》を思い出した。ウィリアム・スパイヴァーの手はとっても温かかった……。

フローラは顔が赤くなった。

信用《しんよう》できるのはだれ？

なんと、ウィリアム・スパイヴァーだ。

57　ティッカムさん、救出《きゅうしゅつ》にむかう

時計をみると、午前二時二十分だった。

フローラは、外に出た。暗闇《くらやみ》のなか、露《つゆ》でぐっしょりぬれた芝生《しばふ》の上を、メアリー・アンをかかえて、注意深く進んでいく。息がハアハアいった。

ピンク色のほおをして、やさしくほほえむメアリー・アンは、ひらひらしたばかみたいな服を着ていて、見かけはかわいい少女だけれど、信《しん》じられないくらい重かった。

「どっしりしてる」っていうのは、まさにこういうことだ、とフローラは思った。

『犯罪者《はんざいしゃ》をみぬけ！』にはこう書いてあった。

〈犯罪者《はんざいしゃ》を説得《せっとく》することはできるだろうか？　この問題については、いろいろな考えがあるだろう。だが、じつは、保育園《ほいくえん》の子どもたちのあいだでも通用するようなかんたんなルールが、しばしば、犯罪《はんざい》の世界でも役に立つのだ。どういうことか、説明《せつめい》しよう。犯罪者《はんざいしゃ》が持っているものがほしいとき、あなたも相手がほしいと思っているものを持っていれば、説得のための「話し合い」がはじめられる。つまり、取り引きができるということだ〉

ウィリアム・スパイヴァーといっしょに母さんをさがそうと考えたとき、フローラは、こ

の「犯罪者《はんざいしゃ》を説得《せっとく》するためのルール」を思い出したのだ。

母さんがなによりも、だれよりも愛《あい》しているのが、羊飼《ひつじか》いの電気スタンドだ。だから、母さんに、ユリシーズと羊飼《ひつじか》いの少女を交換《こうかん》しようと持ちかけるつもりだった。それができれば、なにもかもうまくいく。たぶん。

これが、フローラの計画だった。

まず、ウィリアム・スパイヴァーにきてもらわなくてはならない。けれど、午前二時二十分にティッカム家のベルを鳴らすのはまずいだろう。

「ウィリアム・スパイヴァー？」

フローラは、電気スタンドをかかえて、暗闇《くらやみ》のなかに立ち、窓《まど》にむかって声をかけた。そして、「一時的《いちじてき》に目がみえない」ウィリアム・スパイヴァーが名前を呼《よ》ばれていることに気づいて、リスの救出《きゅうしゅつ》に手をかしてくれますように、とねがった。といっても、そのリスはスーパーヒーローなのだから、ほんとうは、どう考えても救出《きゅうしゅつ》される必要《ひつよう》なんかなさそうだったけれど。

なんだか、いやな感じがした。

フローラはまた、声をかけた。「ウィリアム・スパイヴァー？　ウィリアム・スパイヴァー？」

そして、そんなつもりはなかったのに、ウィリアム・スパイヴァーの名前をつづけてなんどもなんども呼《よ》んだ。呼《よ》んでいるうちに、声がどんどん大きくなった。

「ウィリアム・スパイヴァー、ウィリアム・スパイヴァー、ウィリアム・スパイヴァー、**ウィリアム・スパイヴァー、ウィリアム・スパイヴァー――**」

もちろん、ねむっているウィリアム・スパイヴァーにきこえるはずはない。けれど、やめられなかった。ただ、期待をこめて、ばかみたいに名前を呼《よ》びつづけた。

「フローラ・ベルなの？」

「**ウィリアム・スパイヴァー、ウィリアム・スパイヴァー、ウィリアム・スパイヴァー――**」

「ね、フローラ・ベルなの？」

「**ウィリアム・スパイヴァー、ウィリアム・スパイヴァー、ウィリアム・スパイヴァー――**」

「**フローラ・ベル！**」

気がつくと、くらい窓《まど》のむこうに、ウィリアム・スパイヴァーが立っていた。フローラの必死《ひっし》の願《ねが》いと言葉が、魔法《まほう》のように相手を呼《よ》びだしたにちがいない。

ウィリアム・スパイヴァーがいる。

くらくてはっきりしないけど、少なくとも、それらしき姿《すがた》はみえる。

フローラはいった。「えっと、おこしてごめん」

「やあ。真夜中にたずねてきてくれるなんて、うれしいよ」と、ウィリアム・スパイヴァー。

「緊急事態《きんきゅうじたい》なの」

「わかった。ちょっと待って。ガウンを着るから」

フローラはまた、いつものようにいらいらしてきた。「ウィリアム・スパイヴァー、緊急事態《きんきゅうじたい》なんだってば。ぐずぐずしてるひまはないの。ガウンなんかいいから」

「ガウンを着るからね」ウィリアム・スパイヴァーは、フローラの言葉なんか、まるできこえていないようすで、くりかえした。「すぐにそっちにいくから。『そっち』がどっちか、よくわからないけど。一時的《いちじてき》に目がみえなくなると、どんなにわかりきった物でも、実際《じっさい》にその位置《いち》をつきとめるのは、ぞっとするほどむずかしいんだ。目がみえないと、この世界を移動するのはとても大変《たいへん》なんだよ」

ウィリアム・スパイヴァーは、つづけた。「すべてかくさずにいうと、じつは、目がみえていたときにも、いろいろうまくできなかったんだ。体を動かしたり、空間を把握《はあく》したりするのが正直苦手《にがて》で、うまく動けないからなんだ。運動神経《しんけい》がにぶくて不器用《ぶきよう》だといいかえることもできるかもしれないけど。とにかく、ぼくの場合、ぼくがものにぶつかるということさえない。逆《ぎゃく》に、いろいろなものがどこからともなくふいにとびだしてきて、ぼくにぶつかるんだ。

母さんは、それはぼくが、この現実《げんじつ》の世界ではなくて、頭のなかで生きてるからだって、いうんだ。でも、だれでもみんな、自分の頭のなかで生きているんじゃない？　それ以外《いがい》のどこに存在《そんざい》できるっていうの？　ぼくたちの頭脳《ずのう》は宇宙《うちゅう》だ。そうだと思わない？　ねえ、フローラ・ベル？」

「緊急事態《きんきゅうじたい》だっていってるでしょ！」

「ええと、ガウンを着るよ。それから、問題解決《かいけつ》にあたろう」

フローラは、メアリー・アンを地面におろした。それから、暗闇《くらやみ》のなかをぐるっと急いでみまわした。

ウィリアム・スパイヴァーの頭をひっぱたくのにちょうどいい棒《ぼう》かなんかが、おちてないかな……。

窓《まど》からはなれたウィリアム・スパイヴァーの声が、部屋の奥《おく》からきこえてきた。「フローラ・ベル？」

フローラはさけんだ。「ユリシーズがいなくなったの！　母さんが誘拐《ゆうかい》したの。母さんは、なにかにとりつかれているんだと思う。ユリシーズにひどいことをするかもしれない……」

泣《な》いたら、だめ。泣《な》いたら、だめ。期待したら、だめ。泣《な》いたら、だめ。ただ観察《かんさつ》すること。

「しーっ。フローラ・ベル、だいじょうぶ。ぼくがてつだうから。いっしょにユリシーズをさがそう」

そのとき、ウィリアム・スパイヴァーの部屋のあかりがついて、ティッカムさんの声がきこえた。

「ウィリアム、いったいなにをしてるの？」

「ガウンをさがしてるところ」ウィリアム・スパイヴァーがこたえた。

〈ティッカムさん、救出《きゅうしゅつ》にむかう！〉

フローラには、この言葉が、みえた気がした。

ティッカムさんの頭の上にうかんで、ネオンサイン

みたいにかがやいている。

フローラはさけんだ。「ティッカムさん、緊急事態《きんきゅうじたい》発生！　母さんがユリシーズをさらったんです」

ティッカムさんが窓《まど》から顔を出して、いった。「フローラなの？　どうして、そのばかみたいな電気スタンドを持ってるの？」

「ちょっと、事情《じじょう》がこみいってて」フローラがこたえると、ウィリアム・スパイヴァーが口をはさんだ。

「また、電気スタンドのこみいった話？　それは、いったい、どんな電気スタンドなの？」

「母さんは、このスタンドを愛《あい》してるの。だから、これを人質《ひとじち》にしてるってわけ」

「非常時《ひじょうじ》には非常手段《ひじょうしゅだん》をとるしかない、ということね」と、ティッカムさん。

「そうなんです。緊急事態《きんきゅうじたい》だから」

すると、ティッカムさんがいった。「ハンドバッグをとってくるわ」

58　個人的《こじんてき》なうらみ?

くらかった。とても、とても、くらかった。

そして、けむりのにおいがした。

フローラの母さんは、ユリシーズを麻袋《あさぶくろ》に入れて背負《せお》い、どこかを歩いていた。ユリシーズを袋《ふくろ》に入れるとき、母さんは、丸めて床《ゆか》にすてたユリシーズの詩をひろって、いっしょに入れた。

最後《さいご》に、ぼくにやさしくしようとしたのかな?

逆《ぎゃく》に、ぼくをばかにしてるのかな?

それとも、証拠《しょうこ》をかくすため?

ユリシーズにはわからなかった。けれど、くしゃくしゃに丸められた紙を胸《むね》にかかえて、元気を出そうとしていた。もっと悪いことがおこったことだってあるんだから。

そして、今までにおこった悪いできごとを思いうかべた。

トラックにしっぽをひかれて、とってもいたかったこと。ぬいぐるみのクマでぶたれたこと。庭の水やりホースで水をかけられたり、パチンコでねらわれたりしたこと。弓でゴムの矢を射《い》られたこともあった。

けれど、これまでのどんなできごとよりも、今のほうがつらかった。失《うしな》うものが、ずっと多いからだ。そう、愛《あい》らしい丸い頭をしたフローラ。チーズ味のスナック菓子《がし》。詩。ジャイアント・ドーナッツ。

ちぇっ！　ジャイアント・ドーナッツを食べてみたかったのに、食べられないままこの世界からいなくならなきゃならないんだ。

それに、ティッカムさん！　詩を読んでくれるといってたのに、それも、もうきけない。

麻袋《あさぶくろ》のなかは、とてもくらい。

どこを見ても、まっくらだった。

ぼくは死ぬんだ、とユリシーズは思った。自分の詩をタイプした紙をぎゅっとだきしめると、紙がカサカサ音をたてて、まるで、ため息をついているみたいだった。

フローラの母さんがいった。「リスくん、あなたに個人的《こじんてき》なうらみがあるわけじゃないのよ」

ユリシーズは、ぴくりとも動かずにじっとしていた。そんなことをいわれても、信《しん》じられない。

「ほんとうに、あなたとはなんの関係《かんけい》もないの。問題は、フローラよ。あの子は変《か》わっているわ。そして、この世界は変《か》わり者《もの》にはつめたいの。まえから変《か》わった子だったけれど、どんどんひどくなっている。なにしろ、リスを肩《かた》にのせて歩きまわっているんだから。それどころか、リスに話しかけたりする。そのリスはタイプライターもつかうし、空《そら》も飛《と》ぶのよ。よくないわ。ぜんぜんだめよ」

フローラは変《か》わってる？

そうかもしれない。

でも、それのどこが悪いのかな？

フローラは、いい意味で変《か》わってる。愛《あい》すべき変《か》わり者《もの》だ。それに、とっても心が広い。そう、「包《ほう》容力《ようりょく》」があるんだ。ジョージ・バックマン氏《し》みたいに。

フローラの母さんがいった。「わたしがなにを望《のぞ》んでいるか、わかる？」

ユリシーズには想像《そうぞう》もつかなかった。

母さんがいった。「わたしはね、なんでも、ふつうがいいと思ってるの。だから、むすめにも、おこった顔でひねくれたことばっかりいってないで、いつも楽しそうにしていてほしいし、リスじゃなくて人間と友だちになってほしいのよ。このままじゃ、だれからも愛《あい》されなくなっちゃうわ。ひとりぼっちで生きていくようなことにはなってほしくないの。だけど、そんなこと、あなたにはどうでもいいことよね？」

ちがう、大事なことだ。

「さ、やるべきことをやる時間だわ」母さんが立ちどまった。

まずいぞ、とユリシーズは思った。

59　行き先不明《ふめい》

ティッカムさんは車を運転していた。

運転と呼《よ》ぶには、あまりにひどかったけれど。

父さんとちがって、手を、ハンドルの十時と二時の位置《いち》においていなかった。それどころか、片方《かたほう》の手は、ハンドルからはなしていた。指一本でハンドルを動かすのが、ティッカムさんの運転のしかただったからだ。父さんがみたら、ぎょっとしただろう。

四人全員が前の座席《ざせき》にすわっていた。そう、ティッカムさんと、電気スタンドのメアリー・アン、フローラ、ウィリアム・スパイヴァーの四人だ。車は猛烈《もうれつ》なスピードで進んでいたから、フローラは不安《ふあん》になったけれど、同時にわくわくもした。

ウィリアム・スパイヴァーがいった。「それじゃあ、きみの計画では、電気スタンドとリスを交換《こうかん》するんだね」

「うん」

「でも――もし、まちがってたら、そういってほしいんだけど――リスときみのお母さんがどこにいるのか、ぼくたちにはまったくわからないんだよ」

フローラは、「まちがってたら、そういってほしいんだけど」といわれるのが大きらいだった。今までの経験《けいけん》では、自分が正しいとわかっている人にかぎってそういう。

ティッカムさんが、あいている窓《まど》からさけんだ。「ユリシーズ！　ユリシーズ！」

フローラには、その言葉がみえたような気がした。「ユリシーズ」という美しい単語《たんご》が夜の闇《やみ》のなかに飛《と》んでいき、たちまち、風と闇《やみ》にのみこまれていく……。胸《むね》がしめつけられるような感じがした。なぜ、ユリシーズに大すきだよって、いわなかったんだろう？

ウィリアム・スパイヴァーがいった。「ぼく、理屈《りくつ》ばっかりいってるのは、いやなんだけど……」

「じゃあ、やめたら」と、フローラ。

「ぼくたちは今、猛《もう》スピードで走ってる。そうだよね、トゥーティー大おばさん？　きっとスピード違《い》反《はん》をしてるんだよね？」

ティッカムさんは、「制限速度《せいげんそくど》の標識《ひょうしき》はみあたらないわ」というと、また、「ユリシーズ！」とさけんだ。

「いずれにしても、ものすごい速さで走ってるみたいだけど、こんなにスピードを出してどこにむかってるの？　ぼくたちのだれも、わかってないんだよ。つまり、ぼくたちは、行方不明《ゆくえふめい》のリスの名前をさけびつづけながら、行き先もわからずに走ってるってことだよ。まともなやりかたじゃないと思うけどな」

「じゃあ、どうしたらいいと思うの？　あなたの考えをいってよ」と、フローラ。

「きみのお母さんがユリシーズをどこにつれていったか、考えてみたほうがいいと思う。論理的《ろんりてき》に、順序《じゅんじょ》だてて、科学的《かがくてき》に考えるんだ」

ティッカムさんがさけんだ。「ユリシーズ！」

フローラもわめいた。「ユリシーズ！」

「名前をさけんでも、ユリシーズがあらわれるわけじゃないよ」

さっきは、ウィリアム・スパイヴァーの名前をなんどもなんどもくりかえしていたら、ウィリアム・スパイヴァーがあらわれた。思いをこめて呼《よ》びつづけたら、願《ねが》いがかなうんじゃない？　でも、こんなふうに考えるのは理性的《りせいてき》じゃない、と『あなたのまわりは、危険《きけん》だらけ！』に書いてあった。それに、「自分の言葉には、世界を変《か》える力がある」と信《しん》じるようになるのは、危険《きけん》なことなんだって。

でも、ときには、そういうことがほんとうにおこる。

期待したらだめ、とフローラは自分にいいきかせた。『あなたのまわりは危険《きけん》だらけ！』にそう書いてあったから。

けれど、期待せずにはいられなかった。フローラは、ユリシーズがあらわれますようにと思った。ずっと思いつづけていた。

フローラはさけんだ。「ユリシーズ！」

そのとき、急に、車の速度がおそくなった。

「こんどはなに？　リスに関係あるものでもみつけたの？」と、ウィリアム・スパイヴァー。

ティッカムさんは指一本でハンドルを動かして、車を道の端《はし》によせた。

車がゆるゆるとスピードを落としてとまると、ウィリアム・スパイヴァーがいった。「あててみようか。ガソリンがなくなったんじゃない？」

「そう、ガソリンがなくなったの」ティッカムさんがいった。

「ああ、行き先もわからないまま走りまわって、ガス欠《けつ》でとまるなんて、いきあたりばったりだってことをよくあらわしてるよね。」

フローラは思った。どうして、ウィリアム・スパイヴァーに助けてもらえるなんて、思ったんだろう？　どうして、安心してそばにいられるなんて、思ってしまったんだろう？　ばかみたいな夢《ゆめ》のなかで、わたしの手をにぎったから？　それとも、いつまでもしゃべりつづけるウィリアム・スパイヴァーが、いつかは意味のある、役に立つことをいうかもしれないと思ったから？

そんなことを期待するなんて、まさに、理性的《りせいてき》とはいえない。どうかしてる。

フローラはティッカムさんにたずねた。「ここ、どこですか？」

「よくわからないわ」

「すごい。ぼくたち、道に迷《まよ》ったんだ。どこにむかっているのかもわからないのに」

「歩かなきゃ」ティッカムさんの言葉に、ウィリアム・スパイヴァーがいった。

「たしかに。でも、どこにむかって？」

60　ユリシーズだ！

そこは、森のなかだった。松《まつ》やにのにおいと、フローラの母さんが松葉《まつば》をざくざくふみつける足音で、ユリシーズにはわかった。それに、あたりにアライグマの強烈《きょうれつ》なにおいがただよっている。アライグマは夜行性《やこうせい》のとてもおそろしい動物で、ネコよりもずっと残忍《ざんにん》だ。

「ここまでくればじゅうぶんね」フローラの母さんはそういって立ちどまると、麻袋《あさぶくろ》を地面におろして袋《ふくろ》の口をあけ、懐中電灯《かいちゅうでんとう》をなかにむけてきた。

いきなり、まぶしい光でてらされたユリシーズは、詩の紙をだきしめると、せいいっぱい勇気《ゆうき》をふるいおこして、光をみつめた。

「それをよこしなさい」母さんが紙をもぎとってなげすてた。詩をすてられるのは、これで二度めだ。同じことをくりかえして、うんざりしないのかなあ、とユリシーズは思った。

「リスくん、この道は、ここでいきどまりなの」母さんはそういうと、懐中電灯《かいちゅうでんとう》を地面において、シャベルを持った。そう、あのシャベルだ。

そのとき、フローラの声がきこえたような気がした。「自分がだれなのか思い出して！」

ユリシーズはふりかえって、しっぽのにおいをかいだ。

ふと、フローラがみせてくれたマンガを思い出した。管理人《かんりにん》の制服《せいふく》をきたアルフレッド・T《ティー》・スペラーが、光りかがやくスーパーヒーロー、ウルトラ・ピカットに変身《へんしん》するマンガだ。

それから、ティッカムさんが朗読《ろうどく》してくれた詩のなかの言葉が頭にうかんだ。

なにもできない石のリスじゃない。
燃《も》えあがれ……
炎《ほのお》のように
ユリシーズだ！
わああああああ！
キ――――！

北極星《ほっきょくせい》をみつければ、北の方角がわかり、自分がどちらに進むべきかわかるということになっている。

コケは木の幹《みき》の北《きた》がわにはえるといわれている。

森のなかで道に迷《まよ》ったら、だれかがみつけにきてくれるまで、その場所から動かないほうがいいらしい。

フローラは『あなたのまわりは、危険《きけん》だらけ！』を読んでいたから、森で道に迷《まよ》ったときにどうしたらいいか、知っていた。けれど、そのうちのどれも、今、ここでは役に立たなかった。

フローラたちは、森のなかで道に迷《まよ》ったわけではない。なんの手がかりもないまま、この広い宇宙《うちゅう》で進むべき方向がわからなくなっているのだ。しかも、宇宙《うちゅう》は膨張《ぼうちょう》している、とウィリアム・スパイヴァーはいっていた。これでは、どう考えても、希望《きぼう》がわいてこない。

ティッカムさんがさけんだ。「ユリシーズ！」

フローラもさけんだ。「ユリシーズ！」

「そんなことをしても、意味がないよ」と、ウィリアム・スパイヴァー。

フローラは、羊飼《ひつじか》いの少女メアリー・アンをかかえ、ウィリアム・スパイヴァーはティッカムさんの肩《かた》につかまっていた。フローラはウィリアム・スパイヴァーに賛成《さんせい》したくはなかった。けれど、「意味がない」と考えるのももっともだ、という気がしてきた。

メアリー・アンをかかえているせいで、腕《うで》がいたい。足もいたい。心もいたい。

ティッカムさんが、暗闇《くらやみ》に目をこらして、いった。「ええと、ほら、あそこはブリックネル通りよ。ということは、道に迷《まよ》ったわけではないわ」

「ぼくにもみえたらなあ」と、ウィリアム・スパイヴァーが悲しげにいった。

「みえるはずよ」と、ティッカムさん。

「トゥーティー大おばさん、いつだって、わかりきったことをいうのはいやなんだけど、今、ここで、はっきりさせておきたいんだ。大おばさんは、ぼくじゃない。ショックでみえなくなったぼくの眼球《がんきゅう》の裏《うら》にいるわけじゃないでしょ。ぼくは、ほんとうのことをいってるんだ。真実をいってるんだ。ほんとうにみえないんだ」

「ウィリアム、あなたに悪いところはないのよ。なんどいったら、わかるの？」

「じゃあ、母さんは、どうしてぼくをここによこしたりしたの？」ウィリアム・スパイヴァーの声はふるえていた。

「自分でわかっているはずよ」

「ぼくが？」

「ひとの車をおして、湖にしずめたりしてはいけないわ」

「あれは池だよ。とても小さな池。実際《じっさい》、くぼみに水がたまってるっていったほうがいいくらいだよ」ティッカムさんが大声になった。「ひとの車を水にしずめてはいけないし、そんなことをしてもおおごとにはならないだろうなんて思うのもまちがってます！」

「かっとなって、やってしまったんだ。そのあとすぐに、よくない決断《けつだん》をした、と自分でも思ったよ」

ティッカムさんは、やれやれ、というように首をふった。

フローラは、ウィリアム・スパイヴァーにきいた。「車を湖にしずめたの？　どうやって？」

「サイドブレーキをはずして、ギアをドライブに入れて、それから――」

ティッカムさんがさえぎった。「もうたくさん。車を湖にしずめる方法《ほうほう》なんか、ききたくありません」

「水たまり。ほんとうにその程度《ていど》だったんだ」

「すごいね。どうしてそんなことをしたの？」フローラはきいてみた。

「タイロンへのしかえしだよ。ぼくの名前はウィリアムだ。ウィリアム。ウィリアム・スパイヴァーだ。ビリーじゃない。なんどもビリーと呼《よ》ばれて、もうがまんができなくなったんだ。それで、頭がどうかしちゃって、タイロンの車をおして、水たまりに落とした。それを知った母さんは、かんかんにおこった。怒《いか》りに燃《も》えたんだ。そんな母さんをみて、ぼくがどうなったか、わかるよね。母さんが信《しん》じられなくなって、悲しくて、目がみえなくなったんだ」ウィリアム・スパイヴァーは、わけがわからないというように、首をふった。「ぼくは母さんの息子だよ。それなのに、母さんはぼくをよそにやった。おいはらったんだ」

あたりはくらかったけれど、フローラには、ウィリアム・スパイヴァーのサングラスの下から涙《なみだ》がこぼれおちるのがみえた。

「ぼくは、ウィリアム・スパイヴァーって、呼《よ》ばれたいんだ。うちに帰りたいんだ」

フローラは、自分の心臓《しんぞう》がゆれたような気がした。


〈うちに帰りたい〉

ウィリアム・スパイヴァーは、胸《むね》がいたくなるような、美しい言葉をいうことがある。


〈でも、もどってくるよね？〉

〈きみをさがしにきた〉

〈うちに帰りたい〉


フローラは、自分もうちに帰りたいと思っていることに気づいた。「あなたがいないほうがらくなの」といわれるまえのくらしが、なつかしかった。なにもかも、もとどおりになってほしかった。

メアリー・アンを地面におろすと、フローラはウィリアム・スパイヴァーにいった。

「手をかして」

「え？」

「手をかして」

「ぼくの手を？　どうして？」

フローラがウィリアム・スパイヴァーの手をにぎると、ウィリアム・スパイヴァーはフローラの手にすがりついた。まるで、おぼれかかったものが、岸に立っているものにしがみつくみたいだった。『あなたのまわりは、危険《きけん》だらけ！』によると、おぼれかかっている人は、おそろしさのあまり正気を失《うしな》って、しにものぐるいになる。それで、わけがわからなくなって、助けようとした人の手をつかんで、その人まで水のなかにひっぱりこんでしまうことがある。だから、おぼれた人を助けるときは、気をつけないといけない。

それで、フローラは、ウィリアム・スパイヴァーの手をぎゅっとにぎった。

すると、ウィリアム・スパイヴァーもぎゅっとにぎりかえしてきた。

まるで、あの夢《ゆめ》みたいだ。フローラがウィリアム・スパイヴァーの手をにぎり、ウィリアム・スパイヴァーもフローラの手をにぎっている。

「さてと、あなたたちふたりが手をつないで歩きまわるつもりなら、このやたらと大きな電気スタンドは、わたしが運ぶしかなさそうね」といって、ティッカムさんはメアリー・アンをかかえあげた。

三人の頭の上では、たくさんの星が光りかがやいていた。フローラは、星がこんなに明るくかがやいているのをみたことがなかった。

「ぼくの父さんがここにいてくれたらいいのに」と、ウィリアム・スパイヴァーは、あいているほうの手で涙《なみだ》をぬぐった。

ふいにフローラは、父さんの姿《すがた》が頭にうかんだ。帽子《ぼうし》をかぶり、両手をポケットにつっこんで、にこにこしながら「なんと、なんと！」と、ドロリスの口調《くちょう》をまねている姿《すがた》だ。

父さん。

フローラは父さんが大すきだった。父さんの顔がみたいと思った。

「どこにいったらいいか、わかった」と、フローラはいった。

62　ジャイアント・ドーナッツ・カフェの看板《かんばん》のてっぺんで

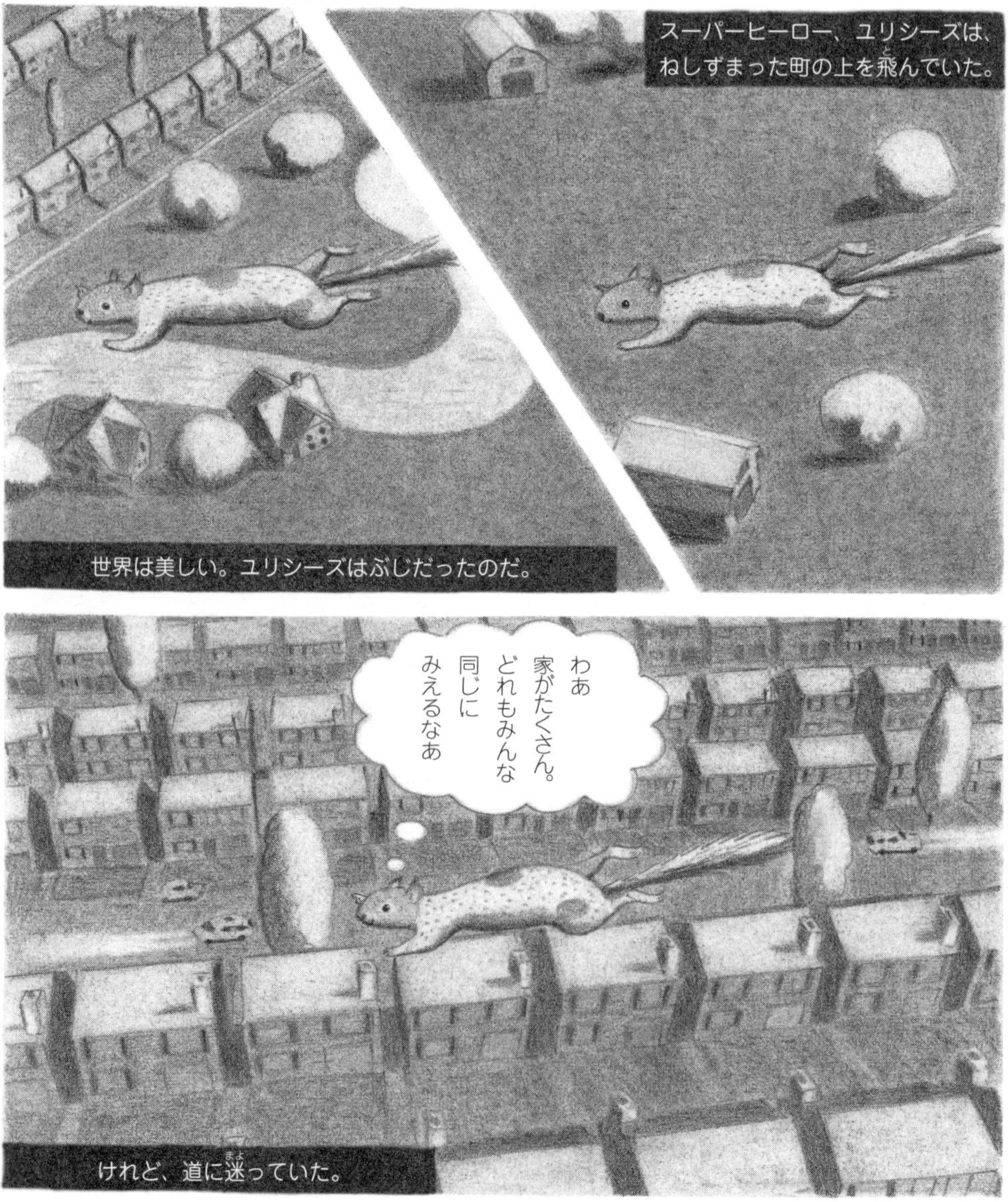

フローラ……
フローラ……
ドーナッツ屋さんの看板《かんばん》のてっぺんについたぞ。フローラもいっしょだったらなあ

63　小さいお魚

ドクター・ミーシャムがいった。「まあ、リスがとびこんでくるなんて、思ってもみなかった。これだから、人生は楽しいのよね。思いがけないことがおこるんですもの。ブランダーミーセンですごした少女のころ、わたしたちはこういうときのために窓《まど》をあけはなしていたの。冬でもね。ひらいた窓《まど》から、なにかすばらしいことがやってくるかもしれないと思っていたからよ。すばらしいことはやってきたかって？　やってきたこともあったし、そうでないときもあったわね。でも、今夜はすばらしいことがおこったわ！」ドクター・ミーシャムは手をたたいて、喜《よろこ》んだ。「あいた窓《まど》から、リスがとびこんできて、おばあさんは大喜《よろこ》び！」

ユリシーズの心も、喜《よろこ》びにあふれていた。もう迷子《まいご》じゃない。ドクター・ミーシャムが、フローラに会わせてくれるだろう。

それに、ジャムサンドもつくってくれるかもしれない。

「ああ、考えてもみて。もしねむっていたら、こんなにすばらしいことをみのがすところだったのよ。わたしはずっと不眠症《ふみんしょう》なの。不眠症《ふみんしょう》って知ってる？」

ユリシーズは首を横にふった。

「不眠症《ふみんしょう》というのはね、ねむれないこと。ブランダーミーセンですごした少女のころ、わたしは夜、ねむらなかったの。理由なんて、わからないわ。トロールでこわい思いをしたからかもしれないわね。それとも、ただ、わたしがねむらないたちなのかもしれない。ものごとには、原《げん》因《いん》がないこともあるのよ。というか、たいていは、原因《げんいん》なんてないの。この世界は、説明《せつめい》しきれないのよ。あらあら、わたし、おしゃべりをしすぎたわね。すっかり話がそれてしまった。あなたにききたいことは、ふたつ。あなたはどうしてここにいるの？　それから、あなたの大切なフローラ・ベルはどこにいるの？」

ユリシーズは、ドクター・ミーシャムをみた。

そして、目を大きくみひらいた。

なにがおこったか、話す方法《ほうほう》があったらなあ。フローラの母さんが、フローラがいないほうがらくだ、といったことや、宇宙《うちゅう》が膨張《ぼうちょう》していること、ウィリアム・スパイヴァーがおいだされたこと、フローラがさびしくてたまらないと思っていること、ぼくが詩を書いたこと、心にもないことをタイプしたこと、石のリスのこと、麻袋《あさぶくろ》と森とシャベルのこと……。

ああ、話したいことがたくさんあって、こまったなあ……。それに、どうやって伝えたらいいんだろう……。

ユリシーズは、前足をみおろした。

それから、ドクター・ミーシャムをみあげた。

「なるほど、いいたいことがたくさんありすぎて、どこからはじめたらいいのか、わからないのね」

ユリシーズはうなずいた。

「それじゃあ、まず、軽くおやつにするっていうのはどうかしら？　そのあとで、ゆっくりお話ししましょう」

ユリシーズはまた、うなずいた。

「まだ元気だったころ、夫《おっと》のドクター・ミーシャムは、わたしがねむれないときに、なにをしてくれたと思う？　スリッパをはいて台所にいって、オイルサーディンをのせたクラッカーを用意してくれたの。オイルサーディンって知ってる？」

ユリシーズは首を横にふった。

「缶《かん》に入った小さなお魚よ。わたしが待っていると、廊下《ろうか》のほうから、ドクター・ミーシャムがハミングしながらもどってくる足音がきこえてね、オイルサーディンをのせたクラッカーのお皿を持ってきてくれたわ」ドクター・ミーシャムはため息をついて、つづけた。「ほんとうにやさしい人だった。夜中にわざわざベッドから出て、オイルサーディンをのせたクラッカーを持ってきて、わたしがそれを食べるあいだそばにいてくれるなんて。それに、ハミングで歌をきかせてくれるなんて。相手を思いやるって、こういうことよね」

ドクター・ミーシャムは涙《なみだ》をぬぐった。それから、ユリシーズににっこりほほえんだ。「だから、わたしも、大すきな人がわたしにつくってくれたものを、あなたにつくってあげるわ。クラッカーにオイルサーディンをのせて、おやつにしましょうね。どう、いい考えだと思わない？」

ユリシーズはうなずいた。とてもよさそうだと思った。

「いっしょに食べましょう。食べるって、とても大切なことですからね。それから、もう夜中だけれど、ジョージ・バックマンさんのところにいって、ドアをノックしてみましょう。きっと、あけてくれるわ。なにしろ、心の広い人ですからね。それから、バックマンさんとわたしで、なぜあなたがここにいるのか、どうしてわたしたちの大切なフローラ・ベルがいっしょにいないのか、考えてみるわね」

ユリシーズはうなずいた。

ドクター・ミーシャムが台所にいくと、ユリシーズは窓辺《まどべ》にすわって、まっくらな外をながめた。

フローラは、あのくらい世界のどこかにいる。

かならずまたフローラに会うんだ。きっと、フローラもぼくをさがしてくれるだろう。ぼくたちはおたがいにきっとまた会える。そして、ぼくは、フローラのために新しい詩を書こう。その詩には、真夜中に食べる小さなお魚とハミングのことを書こう。

64　奇跡《きせき》

フローラは、大きな通りの端《はし》を歩いていた。

通りの端《はし》には、おかしなものがいろいろちらばっていた。たとえば、靴《くつ》。丸めたハイソックス。永久折《えいきゅうお》り目加工《めかこう》をしたポリエステルの水色のズボン――車で走りながら、服をぬぐ人たちでもいるのだろうか？

タイヤのホイールキャップ、さびたはさみ、エンジンの点火プラグなど、金属《きんぞく》でできたものも落ちていた。

それに、もっとわけのわからないものもあった。たとえば、暗闇《くらやみ》のなかでもあざやかに黄色く光るプラスチックのバナナとか。おもしろいものが落ちてるなあ。フローラは、よくみようと立ちどまって、かがんだ。

すると、ウィリアム・スパイヴァーも立ちどまって、いった。「なに、してるの？」

ふたりは、信《しん》じられないことにまだ手をつないでいたのだ。

「バナナをみてるの」

ティッカム夫人《ふじん》は、羊飼《ひつじか》いの少女をかかえて、「ユリシーズ！」とさけびながら、前を歩いている。

ウィリアム・スパイヴァーの手が汗《あせ》ばんでいる。それとも汗《あせ》ばんでいるのは、わたしの手？――フローラにはわからなかった。わかっていたのは、ウィリアム・スパイヴァーがまだ（声をたてずに）泣《な》いていたということ。そして、ユリシーズがまだみつかっていないということ。フローラは思った。三人で、羊飼《ひつじか》いの少女の電気スタンドを先頭に、通りの端《はし》を歩き、ときどき立ちどまっては、落ちているハイソックスやプラスチックのバナナをみることにも、なにかしら意味があるにちがいない。

でも、どんな意味があるんだろう？

フローラは、今までに読んだ『光のスーパーヒーロー、ウルトラ・ピカットの冒険《ぼうけん》！』のすべての号と、おまけで収録《しゅうろく》されているすべての『あなたのまわりは、危険《きけん》だらけ！』と『犯罪者《はんざいしゃ》をみぬけ！』を、頭のなかでぱらぱらとめくった。この状況《じょうきょう》でなにをしたらいいか、なにか役に立つようなことは書いてなかったか、どんなに小さいことでもいいから手がかりになるようなことはないか、思い出そうとした。

ところが、なにもみつからなかった。だったら、自分で考えるしかない。

フローラが思わず笑《わら》いだすと、ウィリアム・スパイヴァーがいった。

「なんで笑《わら》ってるの？」

フローラの笑《わら》い声《ごえ》はますます大きくなり、ウィリアム・スパイヴァーもいっしょに笑《わら》いだした。

ティッカムさんがきいた。「なにがそんなにおかしいの？」

「なにもかも」と、フローラがこたえると、ティッカムさんがいった。

「ヒャッホー」

そして、全員が笑《わら》いだした。メアリー・アンは笑《わら》わなかったけれど。なにしろ、電気スタンドだったから。けれど、たとえ笑《わら》うことができたとしても、声をあげて笑《わら》うようなタイプじゃないから、笑《わら》わなかっただろう。

三人がまだ笑《わら》いながら歩いていたとき、一時的に目のみえないウィリアム・スパイヴァーが、羊飼《ひつじか》いの少女のコードをふんづけてころんだ。

フローラの手を放そうとしなかったので（あるいは、手を放そうとしなかったのはフローラかもしれないが）、フローラもいっしょにころんで、ウィリアム・スパイヴァーの上にたおれた。

ばりばりという音のあと、チリンという音がした。

「わっ、ぼくのサングラスが！　サングラスがこわれた！」

「ウィリアム、いいかげんにしてちょうだい。あなたはサングラスなんか必要《ひつよう》ないのよ」

ウィリアム・スパイヴァーの上にたおれていたフローラには、ウィリアム・スパイヴァーの心臓《しんぞう》が猛《もう》烈《れつ》ないきおいでどきどきいっているのがわかった。

このごろ、ほかの人の「どきどき」を感じることが多いなあ、とフローラは思った。

「ちょっと待って」とウィリアム・スパイヴァーはいうと、頭をあげて上をみた。「みんなしずかにして。しーっ。あの、たくさんの、針《はり》でさしたような小さな光はなんだろう？」

フローラはウィリアム・スパイヴァーがみているほうをみた。「ウィリアム・スパイヴァー、あれは星だよ」

「わあ、星がみえる！　みえるよ！　トゥーティー大おばさん！　フローラ・ベル！　目がみえるよ！」

「奇跡《きせき》だわ」ティッカムさんがいった。

「かもね」フローラもいった。

65　ドアをあける

ブリクセン・アームズの廊下《ろうか》は、昼間でも夜でも、同じように気味が悪く、うすぐらかった。

フローラは、ふたりに注意した。「ネコに気をつけて」

ウィリアム・スパイヴァーは、「悪名高いクラウス氏《し》のことだね」というと、にこにこしながら、あたりをみまわした。「リスのスーパーヒーローにやっつけられたネコだよね。うん、ちゃんと気をつけるよ。こわれたレコードみたいだと思われるのはいやなんだけど、目がみえるようになってうれしいって、もういちどいってもいいかな？　新しくうまれかわるっていうのは、こういうことだよ。これからは、なんでもみえるんだ」

「よかったわね」と、ティッカムさん。

「ほんとに、クラウス氏《し》はどこからとびだしてくるかわからないんだからね」と、フローラ。

「わかってる。目をあけてるからだいじょうぶ。ちゃんとみえてるから」ウィリアム・スパイヴァーがこたえた。

ティッカムさんが「もういちど、ノックして」といったので、フローラは二回めのノックをした。

こんな夜中に、父さんはいったいどこにいるんだろう？　父さんもさらわれたとか？

そのとき、父さんの笑《わら》い声《ごえ》がきこえてきた。

けれど、父さんの部屋からじゃない。二六七号室からだ。フローラはいった。「ドクター・ミーシャムの部屋だ！」

「だれ？」と、ウィリアム・スパイヴァー。

「ドクター・ミーシャム。はやく、あのドアをノックして」

ウィリアム・スパイヴァーが二六七号室の前までいって、ノックしようと手をあげたとき、ドアがいきおいよくあいた。

「フローラ・ベル。わたしの小さなお花さん、わたしたちのいとしい子」ドクター・ミーシャムはそういって、とびきりうれしそうににこにこした。歯がかがやいている。そして、肩《かた》の上には、ユリシーズがのっていた。

うしろに、父さんがいるのがみえた。パジャマを着て、帽子《ぼうし》をかぶっている。

「わたくし、ジョージ・バックマンです。どうぞよろしく」父さんはそういうと、帽子《ぼうし》をゆっくりと上にあげて、みんなにあいさつした。

「ユリシーズなの？」フローラは、たしかめるように呼《よ》びかけた。

するとユリシーズは、うれしくてたまらないというように、すごいいきおいでフローラのところまで飛《と》んできた。小さくて温かい体がどすんとぶつかってきて、フローラはあやうくたおれそうになりながらも、自分の体でつつみこむようにして、ユリシーズをしっかりとだきしめた。

「ユリシーズ、大《だい》すきだよ」

「うれしい再会《さいかい》ね！　ブランダーミーセンですごした少女のころは、こんなふうでしたよ。いつだって、夜中にドアをあけると、会いたかった人が立ってるの。いえ、いつもというわけではなかったわ。ときには、会いたくない人が立ってることもあったわね。けれど、いつも、そう、ブランダーミーセンでは、ドアのむこうがわに大すきな人がいますようにと思いながら、ドアをあけたものよ」ドクター・ミーシャムは、ウィリアム・スパイヴァーとティッカムさんを順番《じゅんばん》にみると、にっこりしてつづけた。「それに、やってきたのが知らない人でも、これから大すきになるかもしれないでしょ」

ティッカムさんがあいさつした。「トゥーティー・ティッカムです。はじめまして。そして、こちらが、甥《おい》のウィリアムです。握手《あくしゅ》をしたいのですが、ご覧《らん》のように、この電気スタンドを運んでいて」

「ほんとうはぼくは、トゥーティー大おばさんの姪《めい》の息子《むすこ》なんです。そして、名前はウィリアム・スパイヴァーです。それから、まだ知りあったばかりなのに、こんなにびっくりするような、とても個人的《こじんてき》なことを話すのは早いと思うんですが、これはいっておかないと……ええと、ぼくは一時的《いちじてき》に目がみえなくなっていたんだけど、今はみえるんです！　それと、あなたの顔はなんてきれいなんだろう、といわずにはいられないです。実際《じっさい》、ぼくには、みんなの顔がとてもきれいにみえる」そういうと、ウィリアム・スパイヴァーはふりかえった。「フローラ・ベル、きみの顔は、とくにきれいだよ。この廊下《ろうか》の陰気《いんき》なうすくらがりでさえ、きみの美しさをくもらせることはできない」

「陰気《いんき》なうすくらがり?」フローラがききかえすと、父さんが口をはさんだ。

「フローラが美しいのは、この子が花だからさ。わたしのかわいい花だよ」

フローラは、顔が赤くなるのがわかった。

ドクター・ミーシャムがいった。「そうね、フローラ・ベル・バックマンは、きれいな顔をしているわ。ほんとうよ。でもね、みなさん、ずっと外に立ったままだわ。さあ、なかに入ってちょうだい。さあ、どうぞ」

66　ウィリアム・スパイヴァー、おねがいだからだまってくれない？

ドクター・ミーシャムは話をつづけた。「あのね、わたしたち、ずっと、ユリシーズと話していたの。ユリシーズの身にどんなことがあったのか、知ろうとしていたところよ。これまでになんとかわかったのは、シャベルと袋《ふくろ》が関係《かんけい》しているということ。それと、森。それから、詩」

「それに、ジャイアント・ドーナッツもだ」と、父さん。

フローラの肩《かた》にすわっているユリシーズが、力強くうなずいた。ひげからただようにおいで、魚を食べたことがよくわかる。

フローラはユリシーズの顔をみながらたずねた。「母さんはどこ？」

ユリシーズは首を横にふった。

「父さん、母さんはどこなの？」

「よくわからないんだ」父さんはそういうと、帽子《ぼうし》を整えた。それから、両手をポケットに入れようとして、自分がパジャマを着ていることに気づいたようだった。しかも、パジャマにはポケットがない。

父さんは笑《わら》いだした。それから、小声でいった。「なんと、なんと！」

「タイプライターがあるといいんだけど」

フローラがいうと、ユリシーズもうなずいた。

「真実を知るには、タイプライターが必要《ひつよう》なの」

フローラがくりかえすと、ウィリアム・スパイヴァーが口をはさんだ「真実は、つるっとすべって逃《に》げていくものだよ。きみが真実にたどりつけるとは思えないな。『真実ふう』のものにはたどりつけるかもしれない。でも、真実そのものはどうかな？　ぼくは本気でそう思ってる」

「ウィリアム・スパイヴァー、おねがいだから、だまってくれない？」

「まあまあ、おちついて、おちついて。すわって、オイルサーディンを食べるといいわ」と、ドクター・ミーシャム。

「それより、なにがおこったのか、知りたいんです。母さんがどこにいるのかも」

そのとき、外でドスンと大きな音がしたかと思うと、ギャーッというぞっとするような鳴き声が長々とひびきわたり、キャーッというものすごく大きな悲鳴がきこえてきた。

ウィリアム・スパイヴァーがきいた。「あれは、なんの音？」

「ネコのクラウス氏《し》よ。だれかをおそってるんだ」と、フローラ。

また、悲鳴があがり、つづいて「ジョージ、ジョージ！」という声がきこえた。

「おっと、あれはフィリスだ」父さんがいった。

「母さんだ」フローラもいった。

すると、ユリシーズが体をこわばらせて、フローラの肩《かた》につめでぎゅっとしがみついてきた。

フローラはユリシーズをみた。

ユリシーズはうなずいた。

父さんが廊下《ろうか》にとびだし、フローラもあとをおう。そのうしろに、ウィリアム・スパイヴァーがつづいた。

また、母さんの悲鳴が廊下《ろうか》にひびきわたり、さけぶ声がきこえた。「ジョージ、ジョージ。おねがい、わたしのかわいいむすめはここにいるといって！」

フローラはふりむいて、ティッカムさんにいった。「電気スタンドを持ってきて！　母さんがメアリー・アンのことを心配してるから」

また、悲鳴があがった。

リスが再《ふたた》び悪党《あくとう》をやっつけるときがきた！
なんと、「強敵《きょうてき》」をすくうために！

ジョージ……
おねがい ジョージ **フローラ**は ここにいると いって！
勝つのはだれだ？
負けるのはだれだ？

え、わたし？　とフローラは思った。

父さんがいった。「フローラはここにいるよ」

すると、母さんは泣《な》きだした。

「みんな、おちついてくださいな！」ティッカムさんはいってから、はっと気がついたように声をあげた。「そうだ、こうすればいいんだわ」

そして、さわぎのなかに入っていくと、羊飼《ひつじか》いの少女メアリー・アンで、ネコのクラウス氏《し》の頭をたたいた。

クラウス氏《し》が床《ゆか》にたおれた。そして、ピンク色のほおをした、文句《もんく》のつけようがないほど美しいメアリー・アンの顔が、自分の乱暴《らんぼう》なふるまいにおどろいたとでもいうように、粉々《こなごな》にくだけ、かけらが床《ゆか》にあたって、チリン、ガシャンと音をたてた。

「あらら、メアリー・アンをこわしちゃったわ」と、ティッカムさん。

「わ、まずい」と、フローラ。

けれど、母さんは電気スタンドをみていなかった。母さんがみていたのは、フローラだった。

「フローラ……。フローラ……。うちに帰ったら、あなたがいなかったから。ほんとうにびっくりして、どうしていいかわからなかったわ」

ウィリアム・スパイヴァーは「ちゃんとここにいますよ」というと、フローラを母さんのほうへそっとおした。

フローラもいった。「ちゃんとここにいるよ」

母さんは、メアリー・アンの顔のかけらをふんづけて近づいてくると、フローラをだきしめた。「わたしのかわいいむすめ」

「わたしのこと？」フローラがたずねると、母さんがこたえた。

「あなたのことよ」

67　馬巣織《ばすお》りのソファ

フローラの母さんは、馬巣織《ばすお》りのソファにこしかけていた。となりには父さんがすわっていて、母さんの手をにぎっている。それとも、母さんが父さんの手をにぎっているのかもしれない。とにかく、ふたりは手をつないでいた。

ドクター・ミーシャムが、フローラの母さんのかまれた傷《きず》やひっかき傷《きず》に軟膏《なんこう》をぬっている。

「いた、いた、いたたたた」

ドクター・ミーシャムは馬巣織《ばすお》りのソファをたたきながら、フローラを呼《よ》んだ。「いらっしゃい。ほら、ここ、お母さんのとなりにすわって」

フローラはソファにこしかけたとたん、ずるずるとすべりおちた。馬巣織《ばすお》りのソファにすわるこつがあるのかな？　まちがいなく、わたしはそのこつをまだつかんでないな、とフローラは思った。

ウィリアム・スパイヴァーがとなりにすわってくれた。母さんとウィリアム・スパイヴァーにぎゅっとはさまれたおかげで、フローラは、もう、すべりおちなかった。

母さんがいった。「二階にあがって、あなたの部屋にいったのよ。だけど、あなたはいなかった」

「ユリシーズをさがしにいってたの。母さんがユリシーズをさらっていったんだと思ったたから」

「そのとおりよ、さらったの」母さんはみとめた。

フローラの肩《かた》の上で、ユリシーズがうなずくと、ひげがフローラのほおをかすめた。

「いろいろなことをどうにかしてふつうにしたかったの」

母さんがいうと、ウィリアム・スパイヴァーが口をはさんだ。「ふつうなんて、ありもしないまぼろしです。みんな、それぞれに個性があってちがってるんです」

「ウィリアム、だまりなさい」と、ティッカムさん。

「家にもどったら、あなたがいなくて……」母さんはまた、泣《な》きだした。「ふつうかどうかなんて、どうでもいいわ。ただ、あなたにもどってきてほしかった。あなたをさがさなきゃ、と思ったの」

「そして、フローラはここにいたというわけですね、バックマンさん」ウィリアム・スパイヴァーの声はとてもやさしかった。

わたしはここにいるよ、とフローラは思った。母さんはわたしを愛《あい》してる。なんと、なんと！　まずい、泣《な》きそうだ……。

大きな、丸い涙《なみだ》がフローラのほおをつたい、馬巣織《ばすお》りのソファの上に落ちた。涙《なみだ》は、一瞬《いっしゅん》、ソファの上でふるえてから、ころがりおちた。

「ね？」ドクター・ミーシャムはいうと、フローラにほほえんだ。「まえにいったでしょ。このソファはそういうソファだって」

ウィリアム・スパイヴァーが母さんにたずねた。「バックマンさん、手ににぎっている、その紙はなんですか？」

「詩よ。ユリシーズが書いた詩。フローラのために書いたのよ」

ティッカムさんがいった。「みなさん、これをみて！」

ふりかえると、ティッカムさんのとなりに、頭のなくなったメアリー・アンが立っていた。コードがコンセントにさしこまれて、あかりがかがやいている。「まだ電気がつくわ。すごくない？」

父さんが母さんにたのんだ。「フィリス、その詩を読んでくれないか？」

「まあ、すてき。詩の朗読《ろうどく》ね」と、ティッカムさん。

「リスの書いた詩よ。でも、いい詩だわ」と、母さん。

ユリシーズは胸《むね》をはった。

「題は、『フローラにささげることば』」

「いい題だな」ウィリアム・スパイヴァーは、フローラの手をとって、ぎゅっとにぎった。

「そんなに強くにぎらないで」

そういいながら、フローラもウィリアム・スパイヴァーの手をぎゅっとにぎって、ユリシーズの書いた詩を母さんが朗読《ろうどく》するのをきいた。

68　終わり（たぶん）

紙にタイプしてあったのは、もちろん、詩のほんのさいしょの部分だった。

というのは、このあとにもっとつづくはずだから。

ユリシーズは、ブランダーミーセンでは、どうしていつもドアをあけるのかを書かなくちゃ、と思っていた。それから、フローラの母さんをネコのクラウス氏《し》からすくったことも。頭がなくなったあとも電気がついている羊飼《ひつじか》いの少女メアリー・アンのことや、小さいお魚のことも。

うん、小さいお魚のことは、どうしても詩にしなくちゃ。

それから、これからおこってほしいことも書きたかった。

たとえば、ウィリアム・スパイヴァーのお母さんが電話をかけてきて、ウィリアム・スパイヴァーに「帰ってきて」とたのむ詩。

お医者さんのほうのドクター・ミーシャムがこっちのドクター・ミーシャムをたずねてきて、となりにすわり、ハミングで歌をきかせ、こっちのドクター・ミーシャムがねむっているのをみまもるという詩。

馬巣織《ばすお》りのソファの詩も書くかもしれない。それから、掃除機《そうじき》の詩も。

ユリシーズは、書いて、書いて、書きまくるだろう。いろんな、すばらしいできごとを詩にするだろう。そのなかのいくつかは、あとでほんとうにおこるかもしれない。いや、ぜんぶかもしれない。

たぶん、詩に書くことのほとんどが実現するだろう。

ユリシーズが窓《まど》の外をみると、地平線で太陽がかがやいていた。もうすぐ、朝ごはんの時間だ。

そうだ！　ひょっとすると、朝ごはんはジャイアント・ドーナッツかもしれないぞ。

エピローグ　リスが書いた詩

フローラにささげることば

フローラがいないと、
なにをしても楽しくない。
なぜなら、フローラは、
つぶつぶのチョコレートや、クォーク、
ジャイアント・ドーナッツ、
目玉焼《めだまや》きを、
ぜんぶあわせたものだから。
フローラは、ぼくにとって、せかいそのもの、
はてしなく広がりつづけるうちゅうなんだ。

日本の読者のみなさんへ

二〇〇九年に母を亡《な》くして、まだ悲しみのなかにいたとき、わたしは、このフローラの物語を書きました。これは、リスのユリシーズや、となりの家にきた男の子ウィリアム・スパイヴァー、フローラの父さんと母さんの物語でもあります。

わたしが子どものころ、いつもそばに本があったのは、母のおかげです。母は、楽しいことが大すきで、よく笑《わら》う人でした。

わたしは、そんな母のために、そして、読者のみなさんのために、この物語を書きました。

みなさんが、この物語を楽しんで、笑《わら》ってくださったとしたら、作者として、とてもうれしく思いますし、天国の母も、きっと、喜《よろこ》んでくれるでしょう。

どうか本を読むことをずっとつづけてください。

そして、楽しく笑《わら》って、毎日をすごしてくださいね。

ケイトより

訳者《やくしゃ》あとがき

『空飛《そらと》ぶリスとひねくれ屋のフローラ』は、ちょっと変《か》わった人たちが登場する、ゆかいで、ほろりとさせられる物語です。ひねくれ屋のフローラ、恋愛小説《れんあいしょうせつ》を書いている母さん、離婚《りこん》してよそでくらしている父さん、おとなりのティッカムさん、ティッカムさんのところにやってきた男の子ウィリアム・スパイヴァー、やさしいドクター・ミーシャムと、スーパーヒーローになったリスのユリシーズが、さまざまなさわぎにまきこまれていきます。

ユリシーズといっしょに悪に立ちむかおうとするフローラと、大すきなフローラのためにがんばるユリシーズの冒険《ぼうけん》に、はらはらどきどきしながらも、ところどころで、つい笑《わら》ってしまいます。

この本の裏表紙《うらびょうし》を見ると、登場人物が勢《せい》ぞろいしています。ずいぶん個性的《こせいてき》な人たちですね。ティッカムさんは、車を運転するときに、なんと指一本でハンドルを動かします。ウィリアム・スパイヴァーは、やたらとむずかしいことを知っています。ドクター・ミーシャムは、トロールがすんでいるというふしぎな土地「ブランダーミーセン」で生まれそだったのだそうです。ドクター・ミーシャムのアパートには、人にかみつくくせのあるクラウス氏《し》というネコがいます。

フローラの父さんと母さんも、ずいぶん個性的《こせいてき》な人たちです。父さんは、休みの日でも、仕事にいくような服装《ふくそう》をしていますし、だれにでも、なんどでも、自己紹介《じこしょうかい》をしています。小説家《しょうせつか》の母さんは、電気スタンドの羊飼《ひつじか》いの少女に名前をつけて、むすめのように大切にしています。そんな母さんは、むすめのフローラに「ふつうの女の子」になってほしいと思っていました。ひねくれたことをいったり、リスとしゃべったりするのは「ふつう」ではないし、ほかの人とちがっているのはよくないことだと考えていたからです。

けれど、ユリシーズは、こう思います。「フローラは、変《か》わってるかもしれない。でも、そのどこが悪いのかな？」そうですね、ユリシーズのいうとおりだと思います。この広い世界にはさまざまな人がいて、そのひとりひとりがちがっているのは、自然《しぜん》なことですよね。

この物語に登場する人たちの多くは、実はさみしさをかかえた人たちでもあります。元気いっぱいにみえるフローラや、おとなびたふるまいをするウィリアム・スパイヴァーも、ほんとうは、さみしくて、心細く思っています。強がっていたフローラと、心に傷《きず》をうけていたウィリアム・スパイヴァーが、心をかよわせあっていくようすに、ほろりとさせられます。母さんと離婚《りこん》して、フローラと暮《く》らせなくなってしまった父さんも、とてもさみしい人です。

フローラとユリシーズは、これからどんな活躍《かつやく》をするのでしょう。フローラとウィリアム・スパイヴァーの友情《ゆうじょう》は深まるのでしょうか。読みおわったあとも、登場人物たちの姿《すがた》が生き生きとうかんできて、あれこれ空想がふくらんでしまいます。
この作品をいっしょに楽しみ、たくさんの助言をしてくださった、編集者《へんしゅうしゃ》の田代翠《みどり》さんに心から感謝《かんしゃ》いたします。

二〇一六年七月

斎藤倫子《さいとうみちこ》

【画家】
K. G. キャンベル（K. G. Campbell）
ケニアで生まれ、スコットランドで育つ。エディンバラ大学で美術史を学び、いくつかの職を経験した後、物語や絵を描く仕事を始め、絵本作家、イラストレーターとして活躍。『レスターのひどいセーター』（未邦訳）でエズラ・ジャック・キーツ賞新人賞を受賞。南カルフォニア在住。

【訳者】
斎藤倫子（さいとう　みちこ）
1954年東京生まれ。国際基督教大学語学科卒。訳書に『メイおばちゃんの庭』（あかね書房）、『シカゴよりこわい町』（東京創元社／産経児童出版文化賞）、『ライオンとであった少女』（主婦の友社）、『ダーウィンと出会った夏』『ダーウィンと旅して』（ほるぷ出版）、『サースキの笛がきこえる』（偕成社）、『わすれんぼうのねこモグ』（あすなろ書房）、『駅の小さな野良ネコ』（徳間書店）などがある。

【空飛《そらと》ぶリスとひねくれ屋のフローラ】
FLORA & ULYSSES : THE ILLUMINATED ADVENTURES
ケイト・ディカミロ作
K. G. キャンベル絵
斎藤倫子訳 Translation © 2016 Michiko Saito
288p、22cm NDC933

空飛ぶリスとひねくれ屋のフローラ
2016 年 9 月 30 日　初版発行

訳者：斎藤倫子
装丁：森枝雄司
フォーマット：前田浩志・横濱順美

発行人：平野健一
発行所：株式会社 徳間書店
〒105-8055　東京都港区芝大門 2-2-1
Tel.（048）451-5960（販売）（03）5403-4347（児童書編集）　振替 00140-0-44392 番
印刷：日経印刷株式会社
製本：大口製本印刷株式会社
Published by TOKUMA SHOTEN PUBLISHING CO., LTD., Tokyo, Japan.　Printed in Japan.
徳間書店の子どもの本のホームページ　http://www.tokuma.jp/kodomonohon/

ISBN978-4-19-864260-0